W0390520

DIALOGue 6

herausgegeben von Adrien Finck

Förderung und Unterstützung:
Künstlerhaus Edenkoben
Stiftung Bahnhof Rolandseck
René-Schickele-Gesellschaft / Culture & Bilinguisme
Verantwortlich: Ingo Wilhelm

Für diese Ausgabe
© 1996
Verlag Das Wunderhorn
Blumenstraße 29
69115 Heidelberg

Alle Rechte vorbehalten
Erste Auflage
Satz: Cyan, Heidelberg
Druck: Fuldaer Verlagsanstalt, Fulda
ISBN: 3-88423-110-3

Claude Vigée

Soufflenheim

Poèmes / Gedichte

édition bilingue / zweisprachige Ausgabe
deutsche Übersetzung:
Maryse Staiber, Adrien Finck, Lutz Stehl

Wunderhorn

INTRODUCTION / EINFÜHRUNG

»Je suis un Juif alsacien, donc doublement Juif et doublement Alsacien«. C'est ainsi que Claude Vigée s'est présenté lui-même (Discours de remerciement lors de la remise du Prix Johann-Peter-Hebel, 1984).

Il est né a Bischwiller (Bas-Rhin) en 1921, issu d'une famille juive établie en Alsace depuis plus de trois siècles (son nom de famille était Strauss). Sa première langue fut le parler alsacien de son lieu natal. Grâce à son grand-père maternel de Seebach, l'enfant connut encore l'ancien idiome des communautés hébraïques en Alsace, le judéo-alsacien, à peu près complètement disparu aujourd'hui. Le français n'était alors qu'une patriotique et occasionnelle »langue du dimanche«. Il allait être la langue de l'école. Désormais »e Hààs« est »un lapin«: découverte d'un monde nouveau et incertitude première quant à l'adéquation du langage et des choses. Qu'est-ce que le »vrai nom«? Tel fut le traumatisme initial. L'histoire du poète: celle d'une difficile »conquête de la parole«.

En langue française. Mais ce n'est là, sans doute, qu'*une* face de l'histoire. L'autre, plus secrète, est la difficile fidélité aux origines, la reconquête de la langue de l'enfance, du dialecte alsacien, longtemps victime d'un interdit ou du mépris scolaire et officiel.

Le malheur de l'histoire intervient: 1939, la guerre, l'invasion nazie, l'exode, la perte de la »Heimat«. Réfugié d'abord dans le Sud-Ouest de la France, il est douloureusement frappé par le »Statut des Israélites« que le régime de Vichy publie en octobre 1940. Ces événements vécus marquent une césure profonde, suscitent chez le poète une prise de conscience de l'identité juive. Il participe à l'organisation de la résistance juive, et c'est alors qu'il prend le nom de *Vigée*, variation phonique (avec une inflexion douce) sur *Vie j'ai*, transposition de la formule biblique »Hay Ani« (Isaïe, XLIX, 18), affirmation des forces sacrées de la Vie en ces temps mortifères. Puis, traqué par la milice de Vichy, il peut se réfugier aux Etats-Unis; ce seront les années d'exil, l'apprentissage et l'usage de l'anglais, lan-

»Ich bin ein elsässischer Jude, also doppelt Jude und doppelt Elsässer«. So hat Claude Vigée sich selbst vorgestellt (Dankrede anläßlich der Verleihung des Johann-Peter-Hebel-Preises, 1984).

Er ist 1921 in Bischwiller (Niederelsaß) geboren und stammt aus einer seit mehr als drei Jahrhunderten im Elsaß ansässigen jüdischen Familie (sein Familienname war Strauss). Seine erste Sprache: der elsässische Dialekt seines Geburtsortes. Dank seines Großvaters mütterlicherseits aus Seebach war das Kind noch vertraut mit dem Elsässer-Yiddisch, dem früher in den jüdischen Gemeinden verbreiteten Idiom, das heute so gut wie völlig verschwunden ist. Das Französische war damals nur eine patriotische und gelegentlich gebrauchte »Sonntagssprache«. Es sollte die Sprache der Schule sein. Von nun an war »e Hààs« »un lapin«: eine Entdeckung, die eine neue Welt eröffnete und die ersten Zweifel an der Entsprechung zwischen Sprache und Dingen aufkommen ließ. Was ist der »richtige Name«? Dies war das erste Trauma. Die Geschichte des Dichters: eine schwierige »Gewinnung des Worts«.

In französischer Sprache. Aber dies ist wohl nur *eine* Seite der Geschichte. Die andere, verborgenere, ist die Schwierigkeit, seiner Herkunft treu zu bleiben, die Sprache seiner Kindheit zurückzugewinnen, den elsässischen Dialekt, der lange unter dem Verbot oder der schulischen und offiziellen Verachtung litt.

Das Unglück der Geschichte kommt ins Spiel: 1939, der Krieg, die Besetzung durch Nazi-Truppen, der Exodus, der Verlust der »Heimat«. Nach seiner Flucht in den Südwesten Frankreichs wird er Oktober 1940 vom »Judenstatut« des Vichy-Regimes schmerzlich betroffen. Diese Erlebnisse stellen einen tiefen Bruch dar und lassen den Dichter seiner jüdischen Identität bewußt werden. Er beteiligt sich an der Organisation des jüdischen Widerstands und nimmt den Namen *Vigée* an, eine lautliche Variation (mit sanfter Inflexion) auf *Vie j'ai*, die Transponierung der biblischen Formel »Hay Ani« (Isaia, XLIX, 18), die in diesen todbringenden Zeiten

gue de l'exil. Quarante-trois membres de sa famille trouvent la mort dans les camps de concentration nazis. Il survit. Il fait son doctorat de lettres, enseigne la littérature française et comparée a l'Ohio State University, à Wellesley College, puis a l'Université Brandeis près de Boston, dont il dirige le département de français jusqu'en 1959. C'est aux Etats-Unis qu'il se marie avec sa cousine alsacienne, que naissent et grandissent ses deux enfants. Mais sans pouvoir y prendre racine. Ni dans ce pays, ni dans cette langue.

Enfin le retour: le chemin de l'autre patrie, nouvelle et plus ancienne, Israël, où il est nommé en 1960 professeur à l'Université hébraïque de Jérusalem, où il vit depuis, non sans revenir tous les ans dans son Alsace natale et non sans rester *un poète d'Alsace.* L'hébreu, langue d'Israël, il doit l'apprendre sur le tard, mais entre l'hébreu et l'alsacien, le poète éprouve la mystérieuse correspondance de l'«originel« . Ainsi sa vie se tend comme l'arc entre sa double origine réconciliée, »entre la Basse-Alsace et la Haute-Judée«.

Claude Vigée est devenu l'un des écrivains français les plus marquants, la liste de ses publications est impressionnante: poèmes, récits, journaux intimes, entretiens... Pas de fiction. »Au lieu d'un roman théâtral fabriqué, j'écrirai ici mon *judan* – la parole surgit intacte et nue de mon présent sur cette terre«. Cette citation qui sert d'épigraphe au »judan« de *Délivrance du souffle* concerne l'oeuvre entière. Ses livres sont des »livres de vie«, où poésie et prose se répondent; ce sont toujours et avant tout des *témoignages*, attachés au *sens* et à la *communication.* Vigée propose une critique actuelle de la »modernité«. Rien de plus révélateur que son opposition à ce qu'il appelle »la tentation du poète en Occident«, »le piège fatal de l'Occident tardif«, le »refus du monde« et la »négation de la vie« dans la modernité de Baudelaire et Mallarmé à Eliot et Benn. L'essai *Les artistes de la faim* (selon le titre du récit de Kafka) dénonce un »art pour l'art« sacralisé qui aboutit au »culte de la mort«. Le poète lyrique en éprouve toute la fascination, il ne peut ni ne veut échap-

die heiligen Lebenskräfte ausdrückt. Von der Vichy-Miliz verfolgt, kann er sich schließlich in die Vereinigten Staaten flüchten; dies sind die Jahre des Exils, des Erlernens und Gebrauchs des Englischen, der Sprache des Exils. Dreiundvierzig Mitglieder seiner Familie haben in den Konzentrationslagern den Tod gefunden. Er überlebt. Er promoviert und lehrt französische Literatur und vergleichende Literaturwissenschaft an der Ohio State University, am Wellesley College, schließlich an der Brandeis University unweit von Boston, wo er die Abteilung für Französisch bis 1959 leitet. In den USA heiratet er seine elsässische Kusine, dort werden seine beiden Kinder geboren und großgezogen. Aber er kann sich dort nicht verwurzeln, weder in diesem Land noch in dieser Sprache.

Schließlich die Rückkehr: der Weg der anderen, neuen und zugleich älteren Heimat, Israel, wo er 1960 einen Ruf als Professor an der Hebräischen Universität Jerusalem erhält und wo er seitdem lebt; dennoch kommt der Dichter alle Jahre wieder in seine elsässische Heimat zurück und bleibt auch ein *elsässischer Dichter*. Er muß das Hebräische, die Sprache des Staates Israel, spät erlernen, aber der Dichter empfindet zwischen dem Hebräischen und dem Elsässischen eine geheimnisvolle Entsprechung des Ursprünglichen. So ist sein Leben wie ein Bogen gespannt zwischen dem doppelten und versöhnten Ursprung, »zwischen Unterelsaß und Hochjudäa«.

Claude Vigée ist einer der bedeutendsten französischen Schriftsteller geworden, die Liste seiner Veröffentlichungen ist beeindrukkend: Gedichte, Berichte, Tagebücher, Gespräche... Keine Fiktion. »Anstelle eines theatralischen fabrizierten Romans schreibe ich hier meinen *Judan* – das Wort steigt unversehrt und nackt aus meinem gegenwärtigen Sein auf dieser Erde auf«. Dieses Zitat, als Motto dem »Judan« in *Délivrance du souffle* (Befreiung des Atems) vorangestellt, ist für das gesamte Werk zutreffend. Seine Bücher sind »Lebensbücher«, in denen Poesie und Prosa sich ergänzen; es sind immer und vor allem *Zeugnisse*, die am Sinn und an der Kommuni-

per à la mise en question du langage poétique, mais pour affirmer d'autant plus fortement une poésie qui intègre l'épreuve de la négation dans une lutte *contre* le non-sens. *La révolution poétique ne saurait être aujourd'hui que celle d'un sens retrouvé.* Cette quête apparaît chez Claude Vigée de plus en plus inspirée par l'exégèse biblique, liée aux étymologies de l'hébreu; elle est une recherche nouvelle d'un enracinement, d'une identité, fondement authentique de l'universel.

Voici que cette exigence est tout aussi inséparable de la fidélité à la langue natale. Le dialecte alsacien reste présent chez Claude Vigée jusque dans l'exil américain, mais ce n'est que tardivement, au cours des années 80, qu'il a pu composer (»pour arracher le vieux baillon du fond de ma gorge«) deux textes majeurs de notre littérature dialectale, les »épopées« lyriques *Schwàrzi sengessle flàckere ém wénd* et *Wénderôwefîr*, non sans une version française, afin d'assurer la communication plus large. C'est le dialecte qui exprime chez lui l'angoisse existentielle la plus profonde et l'humour noir jusqu'au grotesque, alors que le français reste plus stylisé, marqué par la tradition du »haut langage« poétique. Signalons l'analyse lucide du »problème alsacien«, l'engagement courageux en faveur du dialecte, c'est-à-dire aussi de *l'allemand en Alsace*, ce qui de la part du poète juif est d'autant plus remarquable et déterminant. A travers l'«alsacien«, il ressent le lien avec l'allemand qui ne saurait être une langue étrangère, malgré le malheur de l'histoire, et même s'il n'a guère pu développer harmonieusement toutes ses possiblités bilingues. Parfois surgissent des vers et vocables allemands dans les poèmes français, l'exemple le plus significatif étant celui du poème *Soufflenheim*: le poète retrouve sa »Heimat« dans le lieu à la fois réel (selon le nom du village alsacien) et imaginaire (d'après le jeu de mots franco-allemand: »Heimat des Hauches/patrie du souffle«), »un midrash tout neuf«, où se rencontrent l'origine alsacienne et juive. Goethe fut l'une de ses nourritures intellectuelles, l'auteur de

kation festhalten. Vigée schlägt eine aktuelle Kritik der »Moderne« vor. Nichts ist aufschlußreicher als sein Widerstand gegen das, was er die »Versuchung des Dichters des Okzident« nennt, »die unselige Falle des späten Okzident«, das »Ablehnen der Welt« und die »Verneinung des Lebens« in der Moderne von Baudelaire und Mallarmé bis Eliot und Benn. Der Essay *Les artistes de la faim* (Die Hungerkünstler, nach dem Titel einer Erzählung von Kafka) prangert das sakralisierte »l'art pour l'art«-Prinzip an, das im »Todeskult« gipfelt. Der Lyriker fühlt in sich die ganze Faszination dieser Versuchung, er kann und will sich der Sprachkritik nicht entziehen. Dabei geht es aber darum, umso entschiedener eine Dichtung zu behaupten, welche die Bewährungsprobe der Verneinung in einen Kampf *gegen* die Sinnlosigkeit einbezieht. *Die dichterische Revolution kann heutzutage nur die Wiedergewinnung des Sinns sein.* Diese Suche steht bei Claude Vigée immer deutlicher unter dem Zeichen der mit den hebräischen Etymologien verbundenen Bibel-Exegese; sie ist der neue Versuch einer Verwurzelung, einer Identität als *wahre* Begründung des Universellen.

Hier ergibt sich, daß diese Forderung genauso untrennbar mit dem Festhalten an seiner Muttersprache verbunden ist. Der elsässische Dialekt bleibt bei Claude Vigée sogar während der Zeit des amerikanischen Exils präsent; die beiden wesentlichen Texte unserer Dialektliteratur, die lyrischen »Epen« *Schwàrzi sengessle flàckere ém wénd* und *Wénderôwefîr*, sind aber erst spät, im Lauf der achtziger Jahre entstanden (»um den alten Knebel aus meiner Kehle zu reißen«), nicht ohne von einer französischen, auf überregionale Kommunikation bestrebten Fassung begleitet zu sein. Der Dialekt ist bei ihm die Ausdrucksform der tiefsten Existenzangst, gekennzeichnet von schwarzem Humor, der bis ins Groteske geht, während das Französische stilisierter und von der Tradition der »hohen« Dichtersprache geprägt bleibt. Nicht unerwähnt darf die vorurteilsfreie und klarsichtige Analyse des »elsässischen Problems« bleiben,

L'art et le démonique s'y réfère volontiers. Il a traduit Rilke dont il renouvelle l'hymne au »Hiersein«, et nous lui devons une version française de poèmes allemands du *Traumkraut* d'Yvan Goll, poète-frère Juif et Alsacien-Lorrain, bilingue.

Citons ces fragments (inédits) d'un auto-portrait:

»Je suis un écrivain de langue française, qui exprime avec mon passé, mon présent et mon avenir, l'homme juif, donc universel. (...)

Je ne pense pas être un écrivain israélien. Parce que ce dont je parle, et l'idiome dans lequel j'écris échappent en grande partie à la sphère israélienne. Ma langue, c'est le français, avec parfois, sur mes vieux jours, le dialecte alsacien bien-aimé, le chant secret de ma petite enfance, auquel je n'ai jamais renoncé puisqu'il fait partie de mes racines, de mes origines familiales. (...)

J'ai une expérience tellement étrange et contrastée que je me suis fait une oeuvre en retrait, loin des modes éphémères, et une vie d'écrivain à la fois témoin, voyageur, homme en marge qui brasse dans sa mémoire plusieurs existences simultanées.«

Tout en restant à l'écart des modes, médias et marchés, l'oeuvre a été couronnée de prix français (notamment en 1994 par le Prix des arts, des lettres et des sciences de la Fondation du judaïsme français, et en 1996, le Grand Prix de poésie de l'Académie française), allemands ou alémaniques (Jacob-Burckhardt-Preis 1977, Johann-Peter-Hebel-Preis 1984). Claude Vigée est même poète en son pays, comme le prouve le populaire »Grand Bretzel d'Or« qui lui a été décerné à Strasbourg (1993). Cette oeuvre se situe très consciemment au carrefour de trois cultures (juive, française, germanique) et en tire sa substantielle originalité. Mais elle n'a pas encore trouvé tout l'écho transfrontalier qu'elle mérite.

Le présent volume propose une anthologie chronologique du lyrisme français de Claude Vigée. Elle remonte jusqu'aux publications de l'après-guerre (dans les années 50), reprend quelques textes essentiels du premier volume récapitulatif, *Le soleil sous la mer* (poè-

sein mutiges Engagement für den Dialekt, d. h. auch die *deutsche Sprache im Elsaß*, was von seiten eines jüdischen Dichters umso bemerkenswerter und entscheidender ist. Über das »Elsässische« erfühlt er die Bindung zum Deutschen, das unmöglich eine Fremdsprache sein kann, trotz des Unglücks der Geschichte, die eine harmonische Entfaltung aller zweisprachigen Möglichkeiten verhindert hat. Manchmal erscheinen in den französischen Gedichten deutschsprachige Verse oder Wörter, wobei das Gedicht *Soufflenheim* das bedeutsamste Beispiel liefert: der Dichter findet seine »Heimat« wieder im sowohl wirklichen (nach dem Namen eines elsässischen Dorfs) als auch imaginären Ort (dank eines deutsch-französischen Wortspiels: »Heimat des Hauches«/ »patrie du souffle«), von ihm als »ganz neuer Midrash« bezeichnet, in dem sich elsässischer und jüdischer Ursprung begegnen. Goethe zählte zu den geistigen Nahrungen des Autors, der sich in seinem Werk *L'art et le démonique* (Die Kunst und das Dämonische) gern darauf bezieht. Er hat Rilke übersetzt, dessen Hymne aufs »Hiersein« er erneuert, und wir verdanken ihm eine französische Fassung der deutschen *Traumkraut*-Gedichte von Iwan Goll, dem Dichterbruder, wie Claude Vigée, Jude und Elsaß-Lothringer, zweisprachig.

Es seien folgende (unveröffentlichte) Fragmente seines Selbstporträts zitiert:

»Ich bin ein französischsprachiger Schriftsteller, der mit meiner Vergangenheit, meiner Gegenwart und meiner Zukunft den jüdischen, also den universellen Menschen ausdrückt. (...)«

»Ich denke nicht, daß ich ein israelischer Schriftsteller bin. Weil das, wovon ich spreche und das Idiom, in dem ich schreibe, sich größtenteils der israelischen Sphäre entziehen. Meine Sprache ist das Französische und manchmal, auf meine alten Tage hin, der geliebte elsässische Dialekt, der geheime Gesang meiner frühen Kindheit, dem ich nie entsagt habe, da er Teil meiner Wurzeln und meiner Familienursprünge ist. (...)«

mes 1939 – 1971), rappelle l'inspiration de livres majeurs comme *Délivrance du souffle* (1977) et *Pâque de la parole* (1978), pour aboutir aux publications récentes (*Apprendre la nuit*, 1991; *Huit poèmes du passage*, 1992), aux moments poétiques dans la grande symphonie (mahlérienne) autobiographique (*Un panier de houblon*, 1994 – 1995), en ajoutant quelques inédits. La traduction allemande permettra de mieux faire connaître ce lyrisme à un public germanophone. Relevons qu'il ne sonne pas de façon »étrangère« en allemand, malgré la référence au rythme français de l'alexandrin (une musique classique dont Vigée aime se souvenir, tout en introduisant des syncopes et dissonances). Claude Vigée se traduit bien en allemand, ce qui est sans doute significatif: sans cesse le traducteur peut s'inspirer d'une certaine résonance du lyrisme allemand, notamment du lyrisme rilkéen, de même que le poète est parfaitement conscient de sa relation profonde avec la littérature allemande *par le dialecte alsacien*. La traduction révèle ces correspondances sous-jacentes. Claude Vigée est un poète du souffle, plutôt que de l'image (d'où sa foncière étrangeté au surréalisme), ce rythme vital est familier à l'allemand, jusque dans ses mouvements intenses que l'on peut rapprocher d'un certain expressionnisme. Ajoutons que la traduction a pu se faire en relation avec le poète et qu'elle profite ainsi de son propre bilinguisme. Bien entendu, la pleine relation du son et du sens (le »mystère« de la poésie) reste intraduisible, même dans ce cas le plus favorable à la rencontre des langues, et il n'est pas nécessaire de rappeler qu'une traduction, tout en recherchant l'effet poétique, n'est qu'une approche toujours à recommencer.

Mais répétons que cette poésie est attachée à la quête du sens, tendue vers la communication, ce qui légitime la traduction et sa présence dans cette collection franco-allemande dont le nom résume le programme: DIALOGue. Nous remercions tous ceux qui en permettent la réalisation, en premier lieu le *Künstlerhaus Edenkoben* devenu un centre transfrontalier de rencontres culturelles (grâce à

»Ich habe eine so fremdartige und kontrastreiche Erfahrung, daß ich mir ein Werk geschaffen habe im Abseits, fern von kurzlebigen Moden, und führe das Leben eines Schriftstellers, der zugleich Zeitzeuge, Reisender und am Rand stehender Mensch, der in seinem Gedächtnis mehrere simultane Existenzen vermischt.«

Obwohl das Werk abseits von Modeerscheinungen, Medien und vom Literaturmarkt steht, ist es ausgezeichnet worden mit französischen Preisen (1994 dem »Prix des arts, des lettres et des sciences de la Fondation du judaïsme français«, 1996 dem »Grand Prix de poésie« der Académie française), sowie, auf deutscher oder alemannischer Seite, dem Jacob-Burckhardt-Preis (1977) und dem Johann-Peter-Hebel-Preis (1984). Claude Vigée ist sogar Dichter in seinem eigenen Land, wie es die populäre »Große goldene Brezel« beweist, die ihm 1993 in Straßburg verliehen wurde. Das Werk siedelt sich bewußt an der Kreuzung von drei Kulturen an, indem es aus der Verbindung des Jüdischen, Französischen und Deutschen seine wesensprägende Substanz schöpft. Dieses Werk hat aber noch nicht die grenzüberschreitende Resonanz gefunden, die es verdient.

Der vorliegende Band bietet eine chronologisch angeordnete Auswahl aus der französischen Lyrik Claude Vigées. Die Anthologie führt von den ersten Veröffentlichungen aus der Nachkriegszeit (in den fünfziger Jahren) und einigen wesentlichen Texten des ersten Sammelbandes, *Le soleil sous la mer* (Gedichte 1939 – 1971) über die Inspiration bedeutsamer Werke wie *Délivrance du souffle* (1977) und *Pâque de la parole* (1978) bis hin zu den jüngsten Veröffentlichungen (*Apprendre la nuit*, 1991; *Huit poèmes du passage*, 1992) und den lyrischen Einlagen in der großen autobiographischen (an Gustav Mahler anklingenden) Symphonie *Un panier de houblon* (1994 – 1995), abgerundet durch ein paar unveröffentlichte Gedichte. Die Übersetzung soll dem deutschsprachigen Publikum einen besseren Zugang zu diesem Werk verschaffen. Diese Dichtung klingt im Deutschen nicht fremd, trotz des Bezugs auf den französischen

Ingo Wilhelm, son directeur créatif). Merci à la *Fondation Bahnhof Rolandseck*, et, du côté alsacien, à la *René-Schickele-Gesellschaft (Culture et Bilinguisme d'Alsace et de Moselle)*.

Adrien Finck

Rhythmus des Alexandriners (eine klassische Musik, an die sich Vigée gern erinnert, wobei es auch zu Synkopen und Dissonanzen kommt). Bemerkenswert ist, daß Claude Vigée sich *gut übersetzen* läßt: der Übersetzer kann sich stets von Anklängen an die deutsche Lyrik leiten lassen, insbesonders von Rilke. Der Dichter ist sich auch der tiefen Verbundenheit mit der deutschen Literatur *durch den elsässischen Dialekt* bewußt. Die Übersetzung legt diese unterschwelligen »correspondances« frei. Vigée ist ein Dichter des Atems, nicht so sehr des Bilds (weshalb ihm auch der Surrealismus fremd blieb), und dieser Rhythmus ist dem Deutschen vertraut bis in seine intensivsten Bewegungen, die an gewisse expressionistische Züge denken lassen. Erwähnenswert ist, daß die Übersetzung in Verbindung mit dem Autor entstanden ist und so dessen eigene Zweisprachigkeit mitwirkt. Selbstverständlich bleibt die volle Entsprechung von Klang und Sinn (das »Geheimnis« der Dichtung) unübersetzbar, selbst in diesem für die Begegnung der Sprachen günstigsten Fall, und es ist unnötig daran zu erinnern, daß eine Übersetzung, auch wenn sie auf poetische Wirkung abzielt, nur eine immer neu zu beginnende Annäherung ist.

Es sei jedoch wiederholt, daß es diesem dichterischen Werk an Sinngebung und Kommunikation gelegen ist, was die Übersetzung und die Aufnahme in diese deutsch-französische Reihe rechtfertigt, deren Name ein Programm zusammenfaßt: DIALOGue. Wir danken all denen, die zur Realisierung beitragen, an erster Stelle dem *Künstlerhaus Edenkoben*, das zu einer grenzüberschreitenden kulturellen Begegnungsstätte geworden ist (dank seines kreativen Leiters Ingo Wilhelm). Dank geht auch an die *Stiftung Bahnhof Rolandseck* und, auf elsässischer Seite, an die *René-Schickele-Gesellschaft.*

LA CLEF DE L'ORIGINE

DER SCHLÜSSEL DES URSPRUNGS

Traduction / Übersetzung:

Maryse Staiber & Adrien Finck

Heimat des Hauches, endlos –

La clef de l'origine
(extrait)

Je franchis le seuil du cimetière de campagne juif en Basse-Alsace
Où j'allai tout enfant avec mon père dans les averses de mars
Après l'hiver impénétrable et le brouillard d'école
Poser des graviers blancs
Sur l'arête des hautes stèles grises rongées de givre.

Maintenant c'est l'heure ultime de l'été,
Les punaises rouges et noires
Font l'amour en dormant sur le seuil de grès concave usé par les
morts,
Haché de barreaux d'ombre entre les grilles rouillées
Qu'étrangle la grosse chaîne toujours cadenassée portant l'écriteau:
«S'adresser à Mr Abraham Weill, ministre officiant, ou au
bedeau.»

Ils sont tous là les aïeux de père et de mère
Les surgeons de Jacob les rameaux de Jessé
Les proches parents du Messie l'holocauste sanglant des nations
Les boucs émissaires qui emportent au désert le péché –
Ceux qui vendirent du drap à tout le canton sous Napoléon Trois
Ceux qui ont fait une distribution gratuite de froment et de
haricots secs
Au moment de la disette dans les premiers mois de la Restauration
Ceux qui furent conscrits en 70 et gardèrent leur bâton de
tambourmajor
Caché sous l'ais du grenier dans un ruban de soie tricolore,

Der Schlüssel des Ursprungs
(Auszug)

Ich trete über die Schwelle des jüdischen Landfriedhofs im
Unterelsaß,
Wo ich schon als Kind mit dem Vater hinging im Märzregen,
Nach dem undurchdringlichen Winter und dem Nebel der Schule,
Die weißen Kiesel niederzulegen
Auf die Kante der hohen Grabsäulen, grau und reifzerfressen.

Jetzt ist die höchste Stunde des Sommers,
Die roten und weißen Wanzen
Lieben sich schlafend auf der krummen Sandsteinschwelle,
abgenutzt von den Toten,
Zerhackt von den Schattenstäben zwischen den rostigen Gittern,
Die erwürgt werden von der schweren, immer verriegelten Kette
mit der Aufschrift:
»Sich wenden an Herrn Abraham Weill, Vorsänger, oder an den
Küster.«

Sie sind alle da, die Ahnen von Vater und Mutter,
Die Wurzeltriebe Jakobs, die Zweige Jesajas,
Die nahen Verwandten des Messias, des blutigen Holocausts der
Völker,
Die Sündenböcke, die wegtragen in die Wüste die Schuld, –
Jene, die Stoff verkauften dem gesamten Kanton unter Napoleon
dem Dritten,
Jene, die gratis Weizen verteilten und getrocknete Bohnen
Zur Zeit der Hungersnot in den ersten Monaten der Restauration,
Jene, die einrückten anno siebzig und ihren Stab als
Tambourmajor aufbewahrten,
Versteckt unter dem Brett auf dem Speicher in einem trikoloren
Seidenband,

Jusqu'à ceux qui naquirent dans un ghetto de village mal oublié
Pendant que l'avenir oeuvrait pour eux sous la Terreur –
Au rang de leurs cadets il en manque une trentaine
Qui furent brûlés vifs voilà huit ans à peine
Par la main des Gentils
Dans les fours crématoires de Pologne ou d'ailleurs:
Il reste un grand dépôt de jouets à Belsen –

Des cendres de l'exil ayez pitié Seigneur

Je reviens d'Amérique
Leur rendre visite comme autrefois au début du printemps
J'allais vers eux depuis l'Amérique autrement lointaine de l'enfance.
C'est pour leur signifier qu'entre nous le pacte n'est point rompu,
Que nous sommes toujours en relations charnelles
En dépit des difficultés internationales
Et du prix montant des moyens de transport transatlantiques.
Nous sommes demeurés en contact de monde mort à monde mort
Et nous n'entreprenons rien sans consultations réciproques
Dans la grande cité souterraine
De la paix qui nous unit depuis l'origine.

Bis zu jenen, die geboren wurden in einem halbwegs vergessenen
Dorfghetto,
Während die Zukunft für sie wirkte unter der
Schreckensherrschaft –
In der Reihe ihrer Jüngsten fehlen an die dreißig,
Die verbrannt wurden bei lebendigem Leib vor kaum acht Jahren
Durch die Hand der Anderen
In den Krematorien von Polen und anderswo:
Es bleibt ein großer Spielzeugberg in Belsen –

Der Asche des Exils erbarme Dich o Herr

Ich komme zurück aus Amerika,
Sie zu besuchen, so wie ich einst bei Frühjahrsbeginn
Zu ihnen kam aus dem noch entfernteren Amerika der Kindheit.
Dies sei das Zeichen, daß zwischen uns der Bund nicht gebrochen
ist,
Daß wir immer noch ein Fleisch und Blut sind,
Trotz der internationalen Schwierigkeiten
Und des steigenden Preises der transatlantischen Verkehrsmittel.
Von toter Welt zu toter Welt sind wir in Berührung geblieben
Und wir unternehmen nichts ohne gemeinsame Absprache
In der großen unterirdischen Stätte
Des Friedens, der uns vereint vom Ursprung an.

Terre sans hommes
(extrait)

Brouillard vert des forêts entre les houblonnières –
Vers cinq heures du soir, en sortant de l'école,
Dans la moiteur de juin les garçons et les filles
Au pied des châtaigniers vont cueillir les myrtilles:
Un essaim de frelons sous les sapins s'envole
Dans le surgissement muet de la lumière.

Les enfants vont luger sur la colline blanche:
O Schneewelt der Kindheit,
Darfst du noch schweigend singen?
A force de silence, à force de distance,
Notre gorge s'étrangle et ne peut plus chanter.

Notre amour se détruit
Dans le si long voyage;
La mémoire s'enfuit,
Nous restons sans langage.

En bonnets de fourrure et blousons d'écarlate,
Les garçons vont luger sur la pente en plein vent.
A plat sur leurs traîneaux ferrés de vif-argent,
Ils foncent vers la mer, les glissoires éclatent.
Les bouleaux contre l'air frottent leur dos de cendres;
Aux épines du ciel arrachant leur crinière,
Ils courent dans l'espace, et ruent vers la lumière –
Une étoile a fleuri dans leurs plus hautes branches.

Les enfants ont péri
Sur la colline blanche.

Erde ohne Menschen
(Auszug)

Grüner Nebel der Wälder zwischen den Hopfenfeldern –
Gegen fünf Uhr abends nach Schulschluß
Gehen in der feuchten Junischwüle Jungen und Mädchen
Heidelbeeren pflücken am Fuß der Kastanien:
Im stummen Aufflackern des Lichts
Fliegt unter den Tannen ein Hornissenschwarm fort.

Die Kinder gehen rodeln auf dem weißen Hügel:
O Schneewelt der Kindheit,
Darfst du noch schweigend singen?
Von all dem Schweigen, von all der Entfernung
Ist unsre Kehle zugeschnürt und kann nicht mehr singen.

Unsre Liebe verzehrt sich
Auf so langer Reise;
Erinnerung entflieht,
Wir bleiben ohne Sprache.

Mit Pelzmützen und scharlachroten Jacken
Gehen die Jungen rodeln auf dem windausgesetzten Hang.
Bäuchlings auf ihren Schlitten mit Quecksilber-Kufen,
Rasen sie dem Meer entgegen, die Spurrillen bersten.
Birken reiben sich den Aschenrücken an der Luft,
Reißen sich aus die Mähne an den Himmelsdornen,
Sie jagen durch den Raum, zustürzend auf das Licht –
Es ist ein Stern erblüht in ihren höchsten Zweigen.

Die Kinder kamen um
Auf dem weißen Hügel.

Echec à la nuit

Ce soir j'ai soufflé dans la corne de mémoire,
Et tous ceux qui s'étaient couchés dans leur silence
Sont montés à l'appel de cette mélodie.

Les arbres de cristal surgis de mes ténèbres
Brisent, en tournoyant comme une étoile en feu,
Le mur opaque où pleut une mort absolue.

Près des eaux de l'enfance,
L'écueil spirituel
Où l'homme a dompté l'ange –
Ce lieu est Phanuel
Le gué de la naissance.

Je me souviens de la Pentecôte en Alsace,
C'était à Wissembourg au printemps trente-neuf:
Des villages du Nord, les foules paysannes
Dès l'aube déferlaient sur la place fleurie
Où filles à noeuds noirs, garçons à gilets rouges,
Dansaient en plein air au son des bouches de cuivre
Polkas, valses, laendlers dans le sang des collines!

Puis nous avons erré le long de la frontière
Sans mot dire, en humant les blanches floraisons,
Parmi les pommeraies qui neigeaient au soleil
Au milieu des blés verts soulevés par le vent.

Schach der Nacht

Heute abend blies ich ins Horn der Erinnerung,
Und alle, die schlafend lagen in ihrem Schweigen,
Erhoben sich beim Ruf dieser Töne.

Die kristallenen Bäume, aus meinem Dunkel aufgetaucht,
Wirbeln wie ein entflammter Stern und durchbrechen
Die lichtlose Mauer, wo der Regen fällt des totalen Todes.

Nahe an den Wassern der Kindheit,
Die geistige Klippe,
Wo der Mensch den Engel bezähmte –
Dieser Ort ist Phanuel,
Die Furt der Geburt.

Ich erinnere mich an Pfingsten im Elsaß,
Es war in Weißenburg im Frühjahr neununddreißig:
Massenweise strömten seit Morgengrauen
Bauern aus den Dörfern des Nordens herbei auf den blühenden Platz,
Wo Mädchen mit schwarzen Hauben und Jungen mit roten Westen
Tanzten im Freien zum Klang der Münder aus Blech,
Polkas, Walzer, Ländler im Blut der Hügel!

Dann streiften wir die Grenze entlang,
Ohne ein Wort, den Duft weißer Blüten einatmend,
Zwischen den Apfelbäumen, die in der Sonne schneiten,
Inmitten des grünen Kornfelds, windbewegt.

Et nous deux, qui marchions dans la grande lumière
Sans crainte d'avenir ni souci des barrières,
Nous ne sommes jamais revenus au départ
Voir courir les chevaux sur le pré de la Hardt,

Comme en juin trente-neuf au ciel de la jeunesse!
Il restera toujours ces bouleaux sous la lune,
Ce chien noir qui fuyait dans les herbes nocturnes...
A force de parler tu te fais moins entendre:

Les syllabes d'alors dansent et se marient
Pour lancer le couteau de cette mélodie
A travers l'ouragan monotone des cris.

Ces éclats, ces débris, ces échardes de vie
Enflamment un instant comme fièvre mortelle
Le corps déjà glacé de notre épiphanie.

Ce qu'est le souvenir, pour un seul homme, – un signe
De vie, échappé hors des cavernes d'oubli
Où notre âme d'hier achève de pourrir, –

Le poème l'est pour tous les hommes: un gage
De présence à la nuit, où nos lèvres s'abîment
Pour gonfler la baudruche immense de l'histoire.

C'est l'écluse fermée, – au plus fort du silence, –
Contre la cataracte aveugle de l'espace
Dont le grondement couvre un ciel sans souvenir.

Und wir zwei, die wir im hellen Licht gingen,
Ohne Angst vor der Zukunft, ohne Sorgen um Schranken,
Kamen niemals mehr zurück zum Anfang,
Um die Pferde laufen zu sehen auf der Hardtwiese,

So wie im Juni neununddreißig im Himmel der Jugend!
Es wird sie immer geben, die Birken unter dem Mond,
Den schwarzen Hund, flüchtend ins nächtliche Gras...
Vor lauter Reden hört man dich kaum noch:

Die Silben von damals tanzen und vermählen sich,
Um die Klinge dieser Töne
Durch den monotonen Orkan der Schreie zu schleudern.

Jene Funken, jene Trümmer, jene Splitter von Leben
Entflammen einen Augenblick wie tödliches Fieber
Den schon vereisten Leib unserer Epiphanie.

Was Erinnerung ist für den einzelnen Menschen, ein Lebens-
Zeichen, den Höhlen des Vergessens entronnen,
Wo unsere gestrige Seele ihre Verwesung vollendet, –

Ist das Gedicht für alle Menschen: ein Unterpfand
Des Daseins in der Nacht, wo unsere Lippen sich zerreißen,
Um die gewaltige Blase der Geschichte aufzublähen.

Es ist die geschlossene Schleuse – inmitten der Stille –
Gegen den blinden Katarakt des Raums,
Dessen Tosen einen erinnerungslosen Himmel übertönt.

Par les tessons de mots, qui luisent à travers
Les sombres alluvions du royaume de cendres,
L'énorme unité de la nuit est entamée.

Les aïeux sont sauvés, dont il ne restait que
La boue opaque, à la place de tant de pierres
Où leurs pieds, dans la vie, un instant se posèrent,

Ceux dont demeure à peine un nom, – et cette chair
Sur mon corps en brûlant offerte à l'agonie,
Qui monte à la rencontre de sa stèle obscure...

Ainsi, dans les tombeaux des pharaons d'Egypte,
Les chasses, les banquets, les mets de tous les jours
Font bonne garde autour du prince qui sommeille.

Par eux le flux vert de la lune est endigué,
L'unité maintenue entre les deux empires:
La permanence de l'homme est assise sur
Les fondations aériennes du chant.

Tu n'iras pas plus loin, ô mort, ici commence
Le pays de l'amour germé dans ma parole:
La main du nouveau-né qui boit son lait s'éveille
Comme une fleur de chair éclose dans la nuit.

Les deux pouces raidis par l'excès du plaisir,
Il vagit doucement après chaque gorgée;
Ses yeux mi-clos dans la petite tête chauve
Ont un reflet d'ardoise fraîchement cassée.

Durch die Scherben der Worte, die erglimmen in
Den finsteren Schichten des Aschenreichs,
Ist die ungeheure Einheit der Nacht durchbrochen.

Gerettet die Ahnen, von denen nur blieb
Lichtloser Schlamm, statt so vieler Steine,
Auf die ihre Füße lebend einen Augenblick traten,

Jene von denen kaum ein Name bleibt, und dieses Fleisch,
Brennend auf meinem Leib, dem Todeskampf geweiht,
Das aufsteigt zur Begegnung mit dunkler Grabsäule...

So halten in den Gräbern ägyptischer Pharaonen,
Jagden, Festessen und tägliche Speisen
Gut Wacht um den schlafenden Prinzen.

Durch sie ist eingedeicht der grüne Strom des Monds,
Gewahrt die Einheit beider Reiche:
Das Fortbestehen des Menschen ruht
Auf den luftigen Grundfesten des Gesangs.

Du wirst nicht weiter kommen, o Tod, hier beginnt
Das Land der Liebe, gekeimt in meinem Wort:
Die Hand des Neugeborenen, das seine Milch trinkt, erwacht
Wie eine Blume aus Fleisch, erblüht über Nacht.

Beide Daumen steif vom Übermaß an Lust,
Wimmert es sanft nach jedem Schluck;
Die halbgeschlossenen Augen im kleinen kahlen Kopf
Haben den Schimmer von frisch gebrochenem Schiefer.

Il dort et boit, un poing serré, l'autre entrouvert:
Les lignes de sa main se gravent dans la soie;
Le berceau arrondi, fleurant le lait qui tourne,
Est rempli par la chaleur de sa nuque grasse.

Dehors, le monde obscur ruisselle sous la brume,
Les pommeraies en fleur débordent de silence –
Tu n'iras pas plus loin, ô mort, ici commence
La fable de l'aurore, et s'achève l'histoire!

Ce lieu est Phanuel: le gué de la naissance.

L'homme, armé par l'amour, le chant et la lumière,
Livre au temps d'éternels combats d'arrière-garde:
Contre l'invasion patiente de la nuit
Un poème, un enfant, sont nos gages de vie.

Es schläft und trinkt, eine Faust geballt, die andere halb offen:
Die Linien seiner Hand zeichnen sich ein in die Seide;
Die gerundete Wiege, duftend nach gerinnender Milch,
Ist erfüllt von der Wärme seines molligen Nackens.

Draußen rieselt im Nebel die finstere Welt,
Die blühenden Apfelbäume strömen über vor Stille –
Du wirst nicht weiter kommen, o Tod, hier beginnt
Die Fabel der Aurora und endet die Geschichte!

Dieser Ort ist Phanuel: die Furt der Geburt.

Der Mensch, gewappnet mit Liebe, Gesang und Licht,
Liefert der Zeit endlose Kämpfe der Nachhut:
Gegen den hartnäckig drohenden Einbruch der Nacht
Sind ein Gedicht, ein Kind unser Lebenspfand.

Tu dis pour être

Tu n'écris plus
Pour être lu
Par des poètes.

Tu dis pour être
Au coeur de l'homme,
Simplement.

Ton chant est comme
Une fenêtre
Ouverte au vent:

Orage à mille têtes!

Du sagst, um zu sein

Du schreibst nicht mehr,
Um gelesen zu werden
Von Dichtern.

Du sagst, um im Herzen
Des Menschen zu sein –
Einfach.

Dein Gesang ist wie
Ein Fenster
Geöffnet im Wind:

Gewitter, tausendköpfig!

PÂQUE AU MONT SION

A minuit en avril je gravis les hautes marches.
Je m'arrête devant la petite entrée voûtée. Mains
ouvertes, les bras tendus en avant, je m'arc-boute
à la roche-mère du monde, en retenant mon souffle,
par crainte d'attenter à la grandeur du silence.
Sur ma nuque offerte se meut un ciel sans nuages,
immense diamant noir ruisselant de feux secs,
dans le vent qui court le long des pierres lumineuses du mur,
agitant doucement les branches basses des pins.

Passahfest auf dem Berg Zion

Um Mitternacht im April steige ich die hohen Stufen hinauf.
Ich verweile vor dem kleinen gewölbten Eingang. Die Hände
offen, die Arme nach vorn gestreckt, stemme ich mich
gegen den Mutterfelsen der Welt, meinen Atem anhaltend,
um nicht zu stören die Größe der Stille.
Über dem Nacken, dem dargebotenen, geht wolkenlos ein Himmel,
gewaltig ein schwarzer Diamant, tropfend von trockenen Feuern,
im Wind, der entlangstreicht an leuchtenden Steinen der Mauer
und sanft die tiefhängenden Zweige der Pinien bewegt.

Le défi

Nos pères à la nuque roide
Ont duré dans l'exil:
Pendant deux millénaires,
Sous la double menace
De meurtre et d'asphyxie
Ils n'ont pas embrassé les genoux d'Esaü.
Ils n'ont pas pris la voie la plus facile.
A la trahison de soi
Ils ont préféré le combat de Jacob.
Sous le rire des tueurs
Ils n'ont jamais haï leur propre chair.
Dans la honte et dans le feu
Ils se sont maintenus semblables à eux-mêmes,
Ils n'ont pas vendu leur droit d'aînesse
Pour un plat de lentilles,
Ni troqué la sainteté contre un lit d'argile.
Ils n'ont point confondu la vie avec la mort,
Ni tué pour périr, comme font chasseurs d'hommes.
Ils n'ont pas endossé l'habit sanglant d'Edom.
Donc:
        «Un peuple d'élite, dominateur et sûr de lui»
Qui met l'orgueil des puissants au supplice.

Die Herausforderung

Unsere Väter mit starrem Nacken
Harrten im Exil aus:
Zwei Jahrtausende lang,
Doppelt bedroht
von Mord und Ersticken,
Haben sie nicht geküßt Esaus Knie.
Sie sind nicht den leichtesten Weg gegangen.
Dem Selbstverrat haben sie
Vorgezogen den Kampf des Jakob.
Unter dem Gelächter der Schlächter
Haben sie nie das eigne Fleisch gehaßt.
In Schande und Feuer
Sind sie sich selbst gleich geblieben.
Sie haben ihr Erstgeburtsrecht
Nicht verkauft für ein Linsengericht,
Noch eingetauscht die Heiligkeit gegen ein tönernes Bett.
Sie haben nicht verwechselt Tod und Leben,
Noch getötet, um zu verenden, wie Menschenjäger es tun.
Sie haben nicht übergestreift Edoms blutiges Kleid.
Also:
»Ein Elite-Volk, herrisch und selbstsicher«
Das den Hochmut der Mächtigen auf die Folter spannt.

Par hasard

ce matin
c'est un quatre juillet
l'attentat quotidien
a lieu
place de Sion justement
la glacière piégée
a sauté
en plein ciel
chaque instant
sur la vie
tombe le couperet
il y a treize morts
soixante-dix blessés
une mauvaise blague
ça c'est fait par hasard
Ehéiéh asher éhéiéh
Pour nous depuis Auschwitz
l'holocauste est perpétuel
les corps sont ceux de nos enfants
brûlés vifs
soufflés
déchiquetés
ein Tag ein Wort des Gesanges
der steinernen Zukunft
abgerungen

Zufällig

heute morgen
es ist ein vierter Juli
das tägliche Attentat
findet statt
auf dem Zion-Platz eben
der Eisschrank mit der Bombe
ist mitten in
die Luft geflogen
jeden Augenblick
auf das Leben
fällt das Fallbeil
dreizehn Tote
siebzig Verletzte
ein schlechter Witz
es geschah zufällig
Eheieh asher eheieh
Für uns ist seit Auschwitz
stets Holocaust
es sind die Körper unserer Kinder
lebendig verbrannt
weggeweht
zerfetzt
ein Tag ein Wort des Gesanges
der steinernen Zukunft
abgerungen

Entre la Basse-Alsace et la Haute-Judée

Errance, avenir, fête!
A cause du méchant Titus
ou du brave Mathusalem,
depuis vingt ans et plus
(quelque deux millénaires)
nous faisons la navette
entre la Basse-Alsace
et la Haute-Judée.
A bout d'espace,
à court d'idées,
de Strasbourg à Jérusalem
nous visitons nos cimetières.

Zwischen Unter-Elsass und Hoch-Judäa

Irrfahrt, Zukunft, Feier!
Der böse Titus ist dran schuld
oder der brave Methusalem,
daß wir fahren hin und her
seit zwanzig Jahren und noch mehr
(zwei Jahrtausenden ungefähr)
zwischen Unter-Elsaß
und Hoch-Judäa.
Der Raum aufgebraucht,
die Ideen ausgegangen,
von Straßburg bis Jerusalem
gehen wir auf unsere Gräber.

Loin de Sion

Laisse, laisse flotter la vie
le long du fleuve triste...
Si c'est quelque étranger,
un poète en exil
et un Juif de surcroît,
funérailles par immersion
dans le flot sale, noir et froid
– sans l'étoile!
Pour Paul Celan, il a suffi
d'un suicide ordinaire,
le rapide plongeon entre deux eaux muettes,
une nuit d'hiver, sur la rive
malsaine de la Seine.

Fern von Zion

Laß, laß treiben das Leben
den traurigen Fluß entlang...
Wenn es irgendein Fremdling ist,
ein Dichter im Exil
und Jude noch dazu,
Wasserbestattung
in schmutzigen Wellen, schwarzkalten
– ohne den Stern!
Für Paul Celan genügte
ein ganz gewöhnlicher Selbstmord,
kopfüber hinab durch stumme Fluten,
in Winternachtsstunden, am Seine-Ufer,
dem ungesunden.

Pâque de la Parole
(extrait)

Sur l'humble paradis du terrain de banlieue
un cerisier s'exalte en gloire dans le ciel:
danseur dans la nuée au coeur enfin visible,
roi d'un jour, couronné d'abeilles ou d'étoiles,
il lance vers l'espace en transe qui bourdonne
l'or rouge de sa sève
comme un soleil mûri dans l'argile funèbre.

Branches et tronc noués
sous le corset de fer
        pour survivre à la dent
        rongeuse de l'hiver,
soudain se sont mués
sous mon regard complice
        en ce buisson ardent:
        ô fiancée en fleur,
la seule initiatrice!

Sa rondeur épanouie à l'air humide et tendre
se change et s'abandonne à la clarté tout autre
du ciel qui, en s'ouvrant, l'accueille
sous sa tente où bruiront demain les jeunes feuilles,
puis la détruit
pour l'accomplir
dans le fruit, la semence,
l'impossible aventure
d'un éveil dans l'humus, sous la neige future.
Mais chaque heure à venir,

Ostern des Worts
(Auszug)

Auf dem bescheidenen Paradies des Vorstadtgeländes
schwingt sich voll Herrlichkeit ein Kirschbaum in den Himmel:
Tänzer der Wolken, mit endlich sichtbarem Herzen,
König eines Tages, von Bienen gekrönt oder Sternen,
wirft er hinauf in den hochverzückten, summenden Raum
das rote Gold seines Safts,
gleich einer Sonne, gereift im Totenlehm.

Zweige und Stamm, gezwängt
in das Eisenkorsett,
        um den nagenden Zahn
        des Winters zu überstehn,
plötzlich sind sie verwandelt
durch meinen mitwissenden Blick
        in diesen brennenden Busch:
        o blühende Braut,
einzig Einweihende!

Seine in zartfeuchter Luft entfaltete Rundung
erlebt eine Wandlung und gibt sich ganz anderer Klarheit
des sich öffnenden Himmels hin, der sie empfängt
unter dem Zelt, wo morgen das junge Blattwerk rauscht,
sie dann zerstört,
um sie zu vollenden
in der Frucht, im Samen,
dem unmöglichen Wagnis
eines Erwachens im Humus, unter künftigem Schnee.
Doch jede kommende Stunde,

trompant son innocence,
la prépare en douceur au savoir de mourir.

Souxieux est notre lien avec le coeur noir de la terre!

Séraphin du passage à travers la poussière,
l'arbre en feu fait pour nous
restitution du souffle
au monde opaque et sourd
– l'ennemi de toujours –
ou peut-être à la simple, infiniment patiente
indifférence originelle de la pierre
semée en vrac
de-ci de-là
dans le lit sec
de la rivière,
que le maçon scella par hasard dans le mur.

Pourquoi cette beauté?
serait-ce dans l'attente
de la rencontre si peu sûre
qui aurait lieu ici un soir d'avril glacé
au trouble carrefour de nos voix dans la brume
sous deux rameaux entrelacés:
passage de l'amour, écho d'une musique
éphémère et réelle au-delà de nous-mêmes?
Unique, sans retour,
par la grâce de l'arbre
dans cette floraison s'incarne
le bienfait du poème:
un gain sur le silence.

ihre Unschuld täuschend,
bereitet sanft sie vor auf das Wissen vom Tod.

Sorgenschwer sind unsere Bande mit dem schwarzen Herzen der Erde!

Ein Seraph des Übergangs quer durch den Staub,
gibt uns der Feuerbaum
den Hauch wieder zurück
an die lichtlose und dumpfe Welt
– unser Feind seit jeher –
oder vielleicht an den einfachen, unendlich geduldigen
ursprünglichen Gleichmut der Steine,
wahllos gesät
hie und da
im trockenen Flußbett,
die zufällig der Maurer versiegelt hat im Bau.

Wozu diese Schönheit?
Etwa in Erwartung
der so ungewissen Begegnung, die hier
stattfände an einem eisigen Abend im April,
an der verschwommenen Kreuzung unserer Stimmen im Nebel
unter zwei umschlungenen Zweigen:
Durchgang der Liebe, Nachklang einer Musik,
flüchtig und wirklich zugleich, uns selbst übersteigend?
Einmalig und ohne Umkehr,
dank der Gnade des Baumes,
nimmt in dieser Blütenpracht
die Wohltat des Gedichts Gestalt an:
ein Sieg über das Schweigen.

Quand s'achève la pâque tardive de la parole,
la nuit reprend très tôt sa plainte sur les eaux.
Les pétales éteints du soleil printanier,
tourbillonnants déjà, se noient dans la boue noire.

Le fleuve orphelin dans le froid
faiblement pleure
à travers le gosier
étranglé des roseaux.

A travers nous, surgi de l'étang de lumière,
encore une fois tonne et vire sur nos têtes
le soleil inouï de l'alliance première:
à l'heure de la fête
nous roulons côte à côte
tous deux à bicyclette
sur le sol brillant de cailloux,
après la Robertsau,
entre les lopins grillagés des jardins ouvriers,
longeant l'étable en ruine
échouée, barque ancienne, au fond de la prairie
que défend l'âpre ortie échappée à l'hiver.
Sur les murs de torchis, dont les brindilles brûlent,
couve dans la toiture un lent brasier de tuiles.
Nous volons dans sa flamme avec le vent léger
vers la forêt du Ried où le chevreuil se mire
dans les eaux troubles du dégel,
quand verdit à midi le soleil gris d'avril
sur le marais captif des digues immobiles.

Wenn spätes Ostern des Wortes verklingt, nimmt die Nacht
sehr bald die Klage wieder über den Wassern auf.
Die erlöschten, schon wirbelnden Kronblätter der Frühlingssonne
ertrinken im schwarzen Schlamm.

Der in Kälte verwaiste Strom
weint leis
durch die erstickte
Kehle des Schilfrohrs.

Durch uns hindurch, aufgetaucht aus dem Teich de Lichts,
tönt und kreist noch einmal über unseren Köpfen
die unerhörte Sonne des ersten Bundes:
zur Stunde der Feier
fahren wir Seite an Seite
beide auf dem Rad
über den kieselsteinglänzenden Boden
hinter der Robertsau
zwischen den umzäunten Stückchen Land der Schrebergärten,
den zerfallenen Stall entlang,
den alten Kahn, gestrandet im Wiesengrund,
den die herbe, dem Winter entronnene Brennessel verteidigt.
Auf den Mauern aus Lehm, deren Reisig brennt,
brütet im Dach eine langsam schwelende Ziegelglut.
Wir fliegen in ihrer Flamme mit dem leichten Wind
zum Ried, wo sich das Reh
im trüben Gewässer des Tauwetters spiegelt,
wenn im April mittags die graue Sonne ergrünt,
auf dem gefangenen Moor der regungslosen Deiche.

Soufflenheim

Sans lit, sans fond
la rivière du souffle coule
invisible, sous la grange de brique ancienne,
la demeure du temps.

Ceux qui sont nés dans la boue adamique du Ried
sont voués pour toujours au travail double
du potier et du poète:
pétrir la pâte terrestre, modeler la glaise informe,
et puis germer dans la lumière matinale,
inventer les formes justes qui respirent,
réussir l'insufflation soudaine du vide
au coeur de la tourbe charnelle,
dans cette masse de limon lourde et mouillée,
ruisselante d'une opaque noirceur!

Tout lieu natal est travaillé
par la rivière du souffle
débordant sur l'obscur continent souterrain:
la matrice de l'origine
devient le globe
encore lourdement chthonien,
mais déjà rayonnant,
d'un vase.
Il résonne au milieu du feu
qui le peuple et l'enserre:
espace de musique habitable,
île de terre
ferme, où l'esprit-saint s'est pris soudain au piège

Soufflenheim

Ohne Bett, ohne Grund
fließt der Fluß des Hauches
unsichtbar unter der Scheune aus altem Backstein
der Heimat der Zeit.

Wer im Adamsschlamm des Rieds geboren,
ist für immer verpflichtet der doppelten Arbeit
des Töpfers und des Dichters:
kneten den irdischen Teig, gestalten den formlosen Ton,
und dann keimen im Morgenlicht,
erfinden die richtigen Formen, die atmenden,
meistern das plötzliche Einblasen der Leere
im Herzen des fleischlichen Torfs,
in diesem Klumpen nassen Lehms,
triefend von opakem Schwarz!

Jeder Ort der Geburt wird durchströmt
vom Fluß des Hauches,
überquellend auf den dunklen unterirdischen Erdteil:
die Gebärmutter des Ursprungs
wird die Rundung,
die noch schwerfällig chthonische,
doch glänzende schon
einer Vase.
Sie erklingt inmitten des Feuers,
von ihm erfüllt und umschlossen:
bewohnbarer Raum aus Musik,
Insel aus fester
Erde, wo der Geist, der heilige, plötzlich in die Falle geriet

entre les parois rondes et sonores
dont la ténèbre a bu les vibrantes couleurs.

Voici notre maison nouvelle
modelée dans la face humaine:
devant un ciel d'oiseaux tissés dans les nuages,
l'haleine d'un visage.

Heimat des Hauches, endlos –
sans rives ni frontières
la rivière du souffle coule
taciturne, sous la chape d'argile crue,
la demeure du sang.
Le corps muet me tourne sur sa roue.
J'habite la maison d'un potier du silence.

zwischen den runden und tönenden Wänden,
deren schwingende Farben die Dunkelheit trank.

Hier erhebt sich neu unser Haus,
nach menschlichem Antlitz gestaltet:
vor einem Himmel voll Vögeln, verwoben im Gewölk,
der Atem eines Gesichts.

Heimat des Hauches, endlos –
ohne Ufer noch Grenzen
fließt der Fluß des Hauches,
stumm unter dem Guß roher Tonerde,
der Heimat des Blutes.
Der sprachlose Körper dreht mich auf seinem Rad.
Ich bewohne das Haus eines Töpfers des Schweigens.

Le reflux

Dans le pays sans nom de l'absence infinie
je reflue après toi, mon ombre sans visage;
lorsque s'abat la pluie au déclin de l'été
sur la terre brûlée
rien n'illumine plus l'inconquérable obscur;
nulle chaleur d'en haut ne fond
la glace opaque du tréfonds,
nulle aurore ne point dans le coeur de l'abîme;
rien n'éclaire et ne concilie
l'horreur simple de l'agonie.
La lune lourde et mûre à l'abri des nuages
fuit comme un tas de sable au fond noir de l'allée;
seul le vent du retour bâtit sa maison sainte.
L'encens d'automne offert en odeur de tristesse
s'exténue à la nuit sur l'autre rive de l'année.

C'est toujours l'heure de l'adieu dans ce val de pénombre:
épuisement du coeur, trop longue randonnée
vers l'agonie où brûle un matin sans soleil,
toujours plus loin de toi, enfance abandonnée,
toi ma douce, mon inconsolable amertume!
A travers la forêt, en amont du sommeil,
je retourne au jardin : les feux de branches fument
contre le mur en ruine – un foyer noir et vert –
sous la maison déserte où s'installa l'hiver.
Jusqu'au lieu défendu: près du ventre premier.

Die Rückflut

Im namenlosen Land der unendlichen Leere
flute ich zu dir zurück, mein gesichtsloser Schatten;
wenn hart der Regen fällt zur Zeit der Sommerneige,
auf die verbrannte Erde,
nichts erleuchtet mehr das uneinnehmbare Dunkel;
von oben keine Wärme schmilzt
das dichte Eis der Tiefe,
es reicht kein Morgenrot hinab ins Herz des Abgrunds;
nichts erhellt und nichts besänftigt
des Todeskampfes nackten Schrecken.
Reif und schwer der Mond, wolkengeschützt, flieht
wie ein Sandhaufen dahin im dunklen Grund des Gangs;
nur Wind der Rückkehr baut sein heiliges Haus.
Der Weihrauch des Herbstes, als Trauerduft geopfert,
verzehrt sich nachts am anderen Ufer des Jahres.

Es ist die Zeit des Abschieds stets in diesem Schattental:
Erschöpfung des Herzens, zu lange Wanderung
dem Tode zu, wo brennt ein Morgen sonnenlos,
immer ferner von dir, verlassene Kindheit,
du meine sanfte, untröstliche Bitterkeit!
Quer durch den Wald, stromaufwärts den Schlaf,
bin ich im Garten wieder: es raucht der Äste Feuer
an der verfallenen Mauer – ein Herd grünroter Glut –
unter verlassenem Haus, wo nun der Winter wohnt.
Bis zum verbotenen Ort: nahe am ersten Schoß.

Etre là
dans
                    l'effondrement des pierres,
                        en attendant
quoi, rien?
le vent qui tombe lourd et las
sur les vieilles paupières:
la mort est le rêveur du songe de ma vie.

Qui dira ton secret, sous les ronces du givre,
étroite barque vide et noire de l'enfance
oubliée sur l'étang, à la fin de novembre,
dans la blanche forêt funéraire du Ried?

Hier sein
im
                    Einsturz der Steine
                        erwartend
was, nichts?
den Wind, der schwer und müde fällt
auf die alten Lider:
der Tod ist der Träumer von meines Lebens Traum.

Wer wird dein Geheimnis sagen, unter den Ranken des Reifs,
schmaler Kahn der Kindheit, leer und schwarz,
vergessen auf dem Weiher
Ende November im weißen Totenwald des Rieds?

Train de nuit en Alsace

Esprit souffrant, luttant,
rusant et devenant:
grandi sous la menace,

tu ne reviendras plus chez toi
vivre un jour en Alsace.
Cherche-toi dans les lieux errants
que tu ne connais pas!

Tu as beau retourner
tous les ans au pays:
bientôt tu rentreras,
sevré de nostalgie,
dans la solitude infinie
du voyageur, qui est depuis toujours
la dernière patrie.

Où s'en va la douleur?
Au coeur d'un prunier noir
illuminé de pleurs

– vu le temps d'un éclair
dans la glace du train de nuit
sous la sombre montagne en fleur –

s'apaise toute peur.

Nachtzug im Elsass

Geist, leidender, streitender,
wendiger und werdender:
gewachsen in Gefährdung,

du wirst nicht mehr bei dir zuhaus
im Elsaß leben eines Tages.
Suche dich in Orten des Irrens,
die du nicht kennst.

Magst jedes Jahr zurück
ins Land der Kindheit kommen:
heimkehren wirst du bald,
sehnsuchtgestillt,
in die endlose Einsamkeit
des Wanderers, die seit jeher schon
letzte Heimat ist.

Wohin denn zieht der Schmerz?
Im Herzen des schwarzen Pflaumenbaums,
tränenerleuchtet,

– blitzschnell erblickt
in der eisigen Scheibe des Nachtzugs
unter dem dunklen Berg in Blüte –

besänftigt sich jede Angst.

L'ESPÉRANCE DE LA DOUZIÈME HEURE

Noir soleil immobile
au zénith de ma nuit,

un corbeau seul s'incline
sur le doigt du cyprès:

l'oiseau monte la garde
aux portes du secret.

Prisonnier des racines,
depuis toujours le temps

sur des tables de pierre
a brisé sa lumière.

Unique, le silence est l'enfant de mon cri!

Mais bien qu'il tarde,
je l'attends
jusqu'à l'irruption de mon aube dernière,
le soleil douloureux qui mûrit dans ma nuit.

27. 7. 1984

Die Hoffnung der zwölften Stunde

Schwarze Sonne reglos
am Zenit meiner Nacht,

nur ein Rabe neigt sich
auf dem Finger der Zypresse:

der Vogel hält Wache
an Pforten des Geheimnisses.

Verfangen in den Wurzeln,
hat seit jeher die Zeit

auf steinernen Tafeln der Schrift
ihr Licht gebrochen.

Einmalig die Stille, das Kind meines Schreis!

Doch obschon sie säumt,
ich harre ihrer,
bis mein letztes Morgenrot hereinbricht,
der schmerzensreichen Sonne, die reift in meiner Nacht.

27. 7. 1984

VEILLE D'APOCALYPSE

VORABEND DER APOKALYPSE

Traduction / Übersetzung: Maryse Staiber

Ecrire ce livre-à-vivre,
plutôt qu'une épitaphe.

Lieber dieses Lebensbuch schreiben
als eine Grabschrift.

Veille d'Apocalypse

Dans le quartier de Talbieh, au fond du Jardin des Roses,
les enfants à demi nus et les jeunes chiens
jouent sur le gazon brûlé au coucher du soleil.
La crinière souple des montagnes de Judée
ondule à l'horizon déjà couvert de fumée.
La lumière du soir se dissout dans le ciel de juillet
dont la douceur se déchire
aux grands sycomores noirs qui croulent sous leurs fruits.
Autour de notre banc taillé dans la roche s'effeuillent
les parterres de roses vieillissantes effleurées par le vent,
leur ultime parfum se mêle
à celui des figues éclatées qui ont roulé sur les sentiers,
et à la senteur légère du chèvrefeuille fané.

De la terre jaillit le cyprès funéraire:
grave et sombre beauté de l'épée immobile!
Après le torrent des années, combien de jours encore?
Une seule fois chacun de nos moments,
une fois ce jardin assiégé par la nuit,
cette fenêtre de l'oeil vivant, demeurée ouverte encore
sur le monde visible, complice et fidèle jusqu'à quand?
Sa douceur fauve nous déchire. Bientôt il nous faudra
oublier les sentiers bleuissants dans le soir:
la mort obscure mûrit à l'horizon en flammes.

Jérusalem, été 1990

Vorabend der Apokalypse

Im Viertel von Talbieh, tief im Rosengarten,
spielen halbnackte Kinder und junge Hunde
auf verbranntem Rasen bei Sonnenuntergang.
Die geschmeidige Mähne der Berge von Judäa
wellt sich am Horizont, den schon Rauch bedeckt.
Das Abendlicht verfließt im Julihimmel,
dessen Sanftheit sich zerreißt
an den Sykomoren, groß und schwarz, fruchtgebogen.
Um unsere Felsenbank entblättern sich
die Beete alternder Rosen, vom Wind gestreichelt,
ihr allerletzter Duft vermischt sich
mit aufgesprungenen Feigen, die über die Pfade rollten,
und leichtem Geruch welken Geißblatts.

Aus der Erde wächst die Zypresse der Gräber auf:
dunkelernste Schönheit des regungslosen Schwerts!
Nach dem Sturzbach, nun wieviel Tage noch?
Nur einmal jeder unserer Augenblicke,
einmal dieser Garten nachtbelagert,
dieses Fenster des lebendigen Auges, offen geblieben noch
zur sichtbaren Welt, mitwissend und treu wie lang?
Ihre falbe Sanftheit zerreißt uns. Bald müssen wir
vergessen die blauenden Abendpfade:
es reift der dunkle Tod am flammenden Horizont.

Jerusalem, Sommer 1990

Souffle en moi du tréfonds, chant d'une autre planète,
fais croître mon désir vers l'horizon du soir!
Entre amour et terreur entraînés dans ta fête,
mes mots continueront à danser dans le noir:
et pourtant nous devrons dire adieu à la terre,
effacer de nos yeux le visage des êtres,
oublier jusqu'au ciel pour apprendre la nuit.

Lorsque j'entends le soir
le concerto pour clarinette de Mozart,
le temps de la souffrance et de l'ennui s'achève,
soudain je nage dans la lumière dorée de mes quinze ans,
l'ombre de la vieillesse un instant se déchire,
nos deux corps flexibles se joignent
dans le torrent de nos cheveux emportés par le vent:
c'est le ciel de la tendresse que leur plaisir éclaire,
l'angoisse de vivre est devenue légère comme l'air.

Hauch in mir aus dem Tiefsten, Gesang eines andren Planeten,
laß mir wachsen die Sehnsucht zum Horizont des Abends!
Mitgerissen von deinem Fest, zwischen Liebe und Schrecken,
werden meine Worte weiter tanzen im Dunkeln:
und doch müssen wir Abschied nehmen von der Erde,
löschen aus unseren Augen vertrautes Gesicht der Wesen,
den Himmel vergessen sogar, um zu erlernen die Nacht.

Wenn ich höre am Abend
Mozarts Klarinettenkonzert
nimmt ein Ende die Zeit von Schmerz und Not,
plötzlich bade ich da im goldenen Glanz meiner fünfzehn Jahre,
Schatten des Alters zerreißt einen Augenblick lang,
unsere biegsamen Körper umklammern sich
im Sturzbach des Haars, mitgerissen vom Wind:
Himmel der Liebkosung, von ihrer Lust erhellt,
Lebensangst ist leicht geworden wie Luft.

L'AMANDIER SOUS LA LUNE

La semence nocturne a mûri dans ma tête,
dans mon nom j'ai scellé l'inconnu sans visage.
Croyant saisir le fruit, l'insecte, l'arc-en-cieI,
et sucer dans le roc l'huile vierge ou le miel,
j'ai glissé vers la nuit sur le miroir des sons:
l'écureuil encagé tourne seul sur sa roue,
au fond du puits rit le silence
où l'abîme s'ébroue.

Sur l'infime épaisseur des mots nous patinons
à reculons depuis l'enfance;
nous chantons, nous dansons
vers l'infini sans regard et sans nom.
A peine un éclair sur la glace,
dans une poésie est inscrite la trace
de l'oiseau qui raya la fragile surface.

Germant au coeur vieilli de la terre mortelle,
clarté de la mi-nuit, rend mon âme nouvelle!
Ayant vaincu mon temps avant d'être créé,
à soixante-dix ans je commence ma vie:
l'air de Jérusalem est doux à la mémoire,
je m'y sens plus léger qu'un poulain nouveau-né;
si j'ai les cheveux blancs c'est qu'ils sont pleins d'étoiles,
la musique est joyeuse encore à l'approche de l'ombre –
l'amandier sous la lune embaume la tendresse.

Mandelbaum unter dem Mond

Die nächtliche Saat reifte heran in meinem Kopf,
in meinen Namen versiegelte ich den gesichtslosen Unbekannten.
Fassen wollte ich die Frucht, das Insekt, den Regenbogen,
einsaugen im Felsen naturreines Öl oder Honig,
doch geglitten bin ich zur Nacht auf dem Spiegel der Klänge:
Eichhörnchen im Käfig dreht einsam sich auf seinem Rad,
auf dem Brunnengrund lacht das Schweigen,
wo prustend sich auftut der Schlund.

Auf der hauchdünnen Schicht der Worte schlittern wir
rückwärts seit unserer Kindheit,
wir singen, wir tanzen
dem Unendlichen zu, dem blicklosen, namenlosen.
Kaum ein Lichtblitz auf dem Eis,
eingezeichnet in ein Gedicht ist die Spur
des Vogels, der zerritzte die zerbrechliche Fläche.

Keimend im alternden Herzen der sterblichen Erde,
Klarheit der Mittnacht, laß mir die Seele neu erstehen!
Da ich besiegt habe meine Zeit bevor ich erschaffen,
beginne mit siebzig Jahren ich mein Leben:
mild ist meinem Gedächtnis Jerusalems Luft,
ich fühle mich leichter dort als ein neugeborenes Fohlen;
weiß ist mein Haar, weil es sternenvoll ist,
heiter ist die Musik, noch wenn die Schatten nahen –
unter dem Mond duftet der Mandelbaum Zärtlichkeit aus.

La croisée du désir

A l'heure de ta mort
qui est toujours maintenant
tu désires peut-être
te tourner comme l'hélianthe
vers la lumière au petit jour
dans le jardin d'Eden:

mais à bonne distance du soleil
en te gardant toi-même,
sans jamais oublier ta pesanteur natale,
ni l'horizon compact de l'univers créé.

Aux fleurs du paradis tu préfères peut-être
l'effacement de ton existence charnelle,
l'effondrement immédiat de ta personne et du monde
dans la nuit du tréfonds, le ventre originel,

souhaitant ton retour au néant intérieur,
dans le coeur obscur du soleil, hors de l'heure mortelle.

Scheideweg der Sehnsucht

In deiner Todesstunde,
die immer jetzt ist,
willst sehnend du vielleicht
dich wenden lichtwärts
wie die Sonnenblume frühmorgens
im Garten Eden:

Doch sonnenfern genug,
dich selbst bewahrend,
ohne je zu vergessen dir angeborene Schwere,
noch den dichten Horizont des erschaffenen Alls.

Den Blumen des Paradieses ziehst du vielleicht vor
die Auslöschung deines körperlichen Seins,
das unmittelbare Einstürzen deiner selbst und der Welt
in die Nacht des Grundes, den Schoß des Ursprungs,

deine Rückkehr wünschend zum inneren Nichts,
ins dunkle Herz der Sonne, jenseits der sterblichen Stunde.

L'obstination des morts

L'obstination des morts à vivre est effrayante:
lorsque je me souviens de mes jeunes années
un sanglot vient mourir dans ma gorge nouée,
dans l'hiver tout à coup fleurit la nostalgie.

Un sentier par les bois s'enfuit dans le soleil,
le rire de ma mère a couru sous les branches:
mais ce jour a péri sans laisser une trace,
il ne reste personne entre les feuilles mortes.

Où donc avez-vous fui, chères ombres perdues?
Au plus fort de la nuit chacune, solitaire,
descend vers son destin les degrés de l'abîme

dans un lieu où jamais il n'est de retrouvailles.
Mais qui cherche la braise, il doit creuser la cendre
jusqu'au noyau de feu qui pulse dans la neige.

3 janvier 1991, minuit

Der Toten verbissener Lebenswillen

Erschreckend ist der Toten verbissener Lebenswillen:
Wenn mir Erinnerung kommt an meine jungen Jahre,
erstirbt ein Seufzer in meiner zugeschnürten Kehle,
und es erblüht im Winter mir plötzlich die Sehnsucht.

Ein Pfad durch Wälder hin entflieht dort in der Sonne,
das Lachen meiner Mutter glitt schweifend durch die Zweige:
Doch jener Tag verging und ließ mir keine Spuren,
und es weilt niemand mehr zwischen dem welken Laub.

Wohin seid ihr entschwunden, geliebte verlorene Schatten?
Mitten in tiefster Nacht steigt einsam jeder hinab
eigenem Schicksal entgegen die Stufen des Abgrunds

zu einem Ort, wo es kein Wiederfinden gibt.
Wer aber sucht die Glut, muß graben in der Asche
bis zum Herzkern des Feuers, der noch pulst im Schnee.

3. Januar 1991, Mitternacht

La noirceur de l'été

Un lent cri de corneilles
m'éveilla dans l'été de ma vingtième année
sur la terre éclatante de soleil et de blé –
près de moi le verre vide et l'orange entamée.

L'herbe ployait autour, je crus tout juste entendre
un léger bruissement de vent ou de lézard.
La tête me fit mal, pour moi le monde entier
n'était que vive odeur violente de foin

broyé, puis le goût d'elle –
la brûlure du sel sur mes lèvres mordues!

Sommerschwärze

Langsamer Krähenschrei
weckte mich im Sommer meiner zwanzig Jahre
auf strahlender Erde von Sonne und Korn –
neben mir leer das Glas und angebissen die Orange.

Ringsum bog sich das Gras, ich glaubte zu hören bloß
leichtes Rascheln des Winds oder der Eidechse.
Mich schmerzte der Kopf, für mich war die ganze Welt
nur lebendiger, heftiger Geruch von zerriebenem

Heu, und dann der Geschmack von ihr –
des Salzes Brennen auf meinen zerbissenen Lippen!

Sommeil: extase noire au milieu du fleuve sans rives. La conscience enténébrée n'a pas le droit de savoir ce qu'elle connaît de soi, dormante.
La vie éveillée ne sert qu'à nourrir et à préparer l'être pour le grand luxe du sommeil: on ne travaille pas le dimanche.
Insomnie: les riens extérieurs qui préoccupent mon âme la divertissent de son lieu central. Soucis, dévoiements, frivolités de l'éveil, fatalité de l'errance qui égare le soi loin du royaume premier, hors de l'Hypnos essentiel.

*

Du doux frémir de l'infini fuse
la lampe des ténèbres.

*

Ne te laisse pas aller à la tristesse, fais retour dès aujourd'hui à la source toujours jaillissante de ta vie première. C'est en nous-mêmes qu'est caché le soleil secret, indivisible, fût-il enterré sous des amas de décombres. Ce lieu-là seul est notre vrai lien, l'alliance à l'oeuvre entre les générations séparées des hommes, – la lumière commune et la force qui »ramènera le coeur des pères vers les fils, et le coeur des fils vers leurs pères.«

*

Schlaf: schwarze Ekstase inmitten des uferlosen Flusses. Das in Dunkel getauchte Bewußtsein hat nicht das Recht zu wissen, was es schlafend von sich weiß. Das wachende Leben dient nur dazu, das Wesen zu nähren und vorzubereiten auf die große Pracht des Schlafes: am Sonntag wird nicht gearbeitet. Schlaflosigkeit: die äußerlichen Nichtigkeiten, die meine Seele belasten, wenden sie ab von ihrem Ort der Mitte. Sorgen, Neigungen, Eitelkeiten des Erwachens, Unabwendbarkeit der Irrfahrt, die das Selbst weit von seinem Urreich wegführt, außerhalb des wesentlichen Hypnos.

*

Aus sanftem Erzittern des Unendlichen
dringt die Lampe der Finsternis.

*

Gib dich nicht der Traurigkeit hin, geh von heute an zurück zur immer sprudelnden Quelle deines ersten Lebens. In uns ist verborgen die geheime, unteilbare Sonne, sei sie auch begraben unter Bergen von Unrat. Einzig dieser Ort ist unser wahres Band, die Verbindung mit dem Schaffen der getrennten Generationen von Menschen, – das gemeinsame Licht und die Kraft, die »zurückführen wird das Herz der Väter zu den Söhnen, und das Herz der Söhne zu den Vätern«.

*

Les lieux terrestres et les êtres aimés créent eux-mêmes le lien entre ma parole encore silencieuse et l'âme muette, toujours aux aguets, qui veille au tréfonds du corps sensible. Un seul, le vivant-parlant qui passe, c'est lui qui invente le temps : il est pur bondissement rythmique vers le vide à venir.

*

Oser écrire: «A soixante-dix ans je commence ma vie» est tout ensemble un défi, un exorcisme, et une prière chargée d'ironie. Mais que faire d'autre? A la fois trembler, rire, et parier sur l'avenir inexistant: *Après moi, le Messie!*

*

La forme vocale d'un vers ne fait qu'un avec l'intention signifiante, le vécu quotidien, la pensée naissante, le rythme du corps qui respire, et se manifeste seulement ainsi dans un poème digne de ce nom.
Le détail sonore de ma parole: de lui jaillit le sens, hors du noyau de braise central, encore jamais vu, mais audible déjà au coeur de ma conscience indivise dès qu'elle se met à l'écoute de son silence.
Ainsi le lecteur muet du poème peut recréer dans son espace intérieur ce que je ressentais et voulais restituer à travers les mots moulus dans ma gorge, au moment même où je les évoquai à partir de leur manque premier, de leur angoissante absence, dans l'obscur d'où ils surgissent parfois en chacun de nous.

*

Die irdischen Orte und die geliebten Wesen schaffen selbst das Band zwischen meinem noch schweigenden Wort und der stummen, stets wachsamen Seele auf dem Grund des fühlenden Körpers. Ein einziger, der Lebende-Sprechende, der vorübergeht, erfindet die Zeit: er ist rein rhythmischer Sprung auf die kommende Leere zu.

*

Zu schreiben wagen: »Mit siebzig Jahren beginne ich mein Leben« ist zugleich eine Herausforderung, ein Exorzismus und ein ironiebeladenes Gebet. Aber was sonst tun? Sowohl zittern, lachen und auf die Zukunft setzen, die es nicht gibt: *Nach mir der Messias!*

*

Die lautliche Form eines Verses bildet eine Einheit mit der sinngebenden Absicht, dem täglichen Leben, dem entstehenden Gedanken, dem Rhythmus des Körpers, der atmet und sich auf diese Weise nur in einem Gedicht, das diesen Namen verdient, kundtut. Die klangliche Einzelheit meines Worts: aus ihr entspringt der Sinn, außerhalb des Kerns der wesentlichen Glut, noch ungesehen, aber hörbar schon im Herzen meines ungeteilten Bewußtseins, sobald es seiner Stille lauscht.
So kann der stumme Leser des Gedichts in seinem Innenraum das wiedererschaffen, was ich gefühlt habe und vermitteln wollte dank der Worte, die in meiner Kehle geformt wurden, eben im Augenblick, in dem ich sie genannt habe, ausgehend von ihrem ursprünglichen Mangel, ihrer beängstigenden Abwesenheit, im Dunkel, aus dem sie manchmal in jedem von uns auftauchen.

*

Si le retour est d'aujourd'hui, l'exil vient de toujours. C'est sous la menace, entre deux nuits, que se déploie en nous la floraison bénie de la brève lumière.
Raison de plus pour lui rendre grâce et lui demeurer fidèle jusqu'à l'heure de la chute, lorsque s'imposera la traversée insensée des ténèbres futures où nul jamais ne passe, excepté peut-être l'orant de la douzième heure.
Dans cette noce-là aussi, sachons tenir bon jusqu'à la fin, aimantés, orientés, accordés au son de notre petite musique-de-jour-et-de-nuit. Prenant Mozart pour guide, nous répondrons présent à l'appel. Nous oserons danser vers l'abîme.

*

Les ailleurs de l'exil sont les mille visages du lieu de nulle part qui est, en nous, la vraie patrie. Dans leur passage incessant et épuisant se découvre le lieu du repos et de la toute-confiance. Pierre-de-nuit de l'obscur.

*

Wenn die Rückkehr von heute ist, so stammt das Exil von jeher. Unter seiner Bedrohung, zwischen zwei Nächten, entfaltet sich in uns die gesegnete Blüte des kurzen Lichts .
Ein weiterer Grund, ihm Dankbarkeit zu erweisen und ihm treu zu bleiben bis zur Stunde des Falls, wenn anzutreten ist das sinnlose Durchqueren der künftigen Finsternis, wo niemand vorbeikommt, es sei denn vielleicht der Betende der zwölften Stunde.
Auch bei dieser Hochzeit müssen wir aushalten können bis zum Ende, magnetisch ausgerichtet und in Einstimmung mit dem Klang unserer kleinen Tag-und-Nachtmusik. Wenn uns Mozart das Geleit gibt, werden wir dem Ruf folgen. Wir werden es wagen, dem Abgrund entgegenzutanzen.

*

Die Orte des Anderswo im Exil sind die tausend Gesichter des Nirgendwo, das in uns die wahre Heimat ist. In ihrem unablässigen und erschöpfenden Vorübergehen enthüllt sich die Stätte der Ruhe und des Allvertrauens. Nachtstein des Dunklen.

*

Quelle qu'elle soit, la réalité dépasse infiniment ce que notre expérience quotidienne et notre fragile petit sens commun nous laissent saisir de notre univers. La trace des êtres se grave aussi bien dans notre corps propre que dans le corps du monde immense où nous nous déplaçons un peu de temps, avant de nous y évanouir à notre tour, une fois de plus... Comment, pourquoi, vers quoi? Mystère. Goethe disait: il faut creuser le savoir jusqu'à la limite de l'insondable («das Unerforschliche»), et se tenir ensuite plein de révérence face à lui. Jusqu'à nouvel ordre, c'est la seule sagesse qui fasse honneur à la fois à l'intelligence humaine, et à ses frontières évidentes.

*

La tentation est double. S'engluer dans le marécage boueux, la nuit, le froid, le brouillard silencieux; se pétrifier sur la barque noire immobile, amarrée pour toujours aux rives d'un bras mort du Vieux-Rhin. Ou bien être entraîné par le courant, dériver au fil de l'eau jusqu'à l'engloutissement dernier dans les tourbillons du grand fleuve, happé dans le tournoiement fatal d'un temps et d'une vie finis. D'un soleil à l'autre, entre le bûcher mourant de l'aurore et le soleil du soir agonisant au fond de la forêt hivernale, s'enfoncer dans l'exil et bondir hors de lui, couler à fond de nuit et resurgir sur la terre. Ecrire ce *livre-à-vivre,* plutôt qu'une épitaphe.

Wie sie auch aussehen mag, die Realität übersteigt das Fassungsvermögen unserer täglichen Erfahrung und unseres gebrechlichen kleinen Menschenverstands. Die Wesen hinterlassen ihre Spuren ebenso in unserem eigenen Körper wie im Körper der unermeßlichen Welt, in der wir uns für kurze Zeit bewegen, bevor wir unsererseits darin untergehen, einmal mehr... Wie, warum, worauf zu? Ein Rätsel. Goethe sagte: Wir müssen das Wissen bis zur Grenze des Unerforschlichen ergründen und ihm dann voll Ehrfurcht begegnen. Bis auf weiteres ist dies die einzige Weisheit, die sowohl dem menschlichen Verstand als auch seinen sinnfälligen Grenzen Ehre macht.

*

Die Versuchung ist doppelter Art. Sich verkleben im schlammigen Sumpf, in der Nacht, der Kälte, dem stummen Nebel; sich versteinern auf dem reglosen schwarzen Kahn, für immer verankert an den Ufern eines toten Arms des Altrheins. Oder aber sich von der Strömung mitreißen lassen, auf dem Wasser abtreiben bis zum endgültigen Verschlungenwerden in den Strudeln des gewaltigen Stromes, erfaßt von dem unentrinnbaren Kreisen begrenzter Zeit und begrenzten Lebens. Von einer Sonne zur anderen, zwischen dem sterbenden Scheiterhaufen der Morgenröte und der mit dem Tod ringenden Abendsonne hinter dem Winterwald eintauchen ins Exil und ihm entspringen, untergehen in nächtlichem Grund und wieder hochtauchen zur Erde. Lieber dieses *Lebensbuch* schreiben als eine Grabschrift.

Le soleil du centaure

Dans le rire du vent
hennit le soleil du centaure:
inconnue est la mort,
insondable est la vie!
Longtemps le ciel noir bleuira
au coeur secret du firmament,
longtemps la terre fleurira
sur la mer obscure au printemps.
Mais toujours l'homme expirera
dans ce pourpre hennissement:
sanglante semence lancée
dans la matrice de l'espace
comme un roncier flambant de terribles étoiles –
quand frappe sur le roc
avec ses clous d'acier
le quadruple sabot soulevé par l'extase
du cheval qui se cabre en criant vers la nuit.

Die Sonne des Kentauren

Im Lachen des Winds
wiehert die Sonne des Kentauren:
unbekannt ist der Tod,
unergründlich ist das Leben!
Lange wird der schwarze Himmel erblauen
im verschwiegenen Herzen des Firmaments,
lange wird die Erde erblühen
im Frühling auf dem Meeresdunkel.
Doch immer wird der Mensch ersterben
in diesem purpurnen Wiehern:
blutiger Samen, geschleudert
in den Schoß des Weltraums,
einem Dornbusch gleich, von Schreckenssternen brennend –
wenn ertönt auf dem Felsen
mit seinen stählernen Nägeln
der vierfache Hufschlag, erregt vom Taumel
des Pferds, das sich aufbäumt, hinausschreiend in die Nacht.

L'arrière-été

Un soir parmi les soirs volés dans le verger du temps
qui fleurit et germe, brûle et meurt entre deux firmaments,
j'ai rempli mon panier de rires et de pleurs
pour jeter un grand pont sur les jours du malheur
vers fillettes et fils de mes petits-enfants
juchés très-haut dans le pommier qui ruisselle de sève.
Prince danseur bercé par l'influx du matin,
une source d'eau vive
entre la brume obscure et la tourbe du rêve
s'élancera demain
du nombril de la terre.
Là mûrira mon fruit
dans la double lumière
de la lune tardive
et du soleil levant
que mon psaume d'arrière-été fiance avec sa nuit.

Nachsommer

An einem der gestohlenen Abende im Obstgarten der Zeit,
der zwischen zwei Himmeln blüht und keimt, brennt und stirbt,
habe ich meinen Korb gefüllt mit Lachen und Weinen,
zu schlagen über die Tage des Unglücks eine große Brücke
bis zu Töchtern und Söhnen der Enkel
hoch oben im Apfelbaum, der vor Säften trieft.
Tanzender Prinz, gewiegt vom Strom des neuen Tags,
eine lebendige Quelle
zwischen Dunkel des Dunsts und Torf des Traums
wird morgen entspringen
aus dem Nabel der Erde.
Dort wird reifen meine Frucht
im zwiefachen Licht
des späten Monds
und der kommenden Sonne,
die mein Nachsommerpsalm vermählt mit der Nacht.

Sur un intermezzo tardif de Johannes Brahms

Bouvreuil, hanneton, lucioles,
quand la mélodie est jouée
que nous reste-t-il de la vie?

Au départ comme à l'arrivée
quelques visages sans paroles,
qu'assombriront deuil et folie.

Bouvreuil, hanneton, lucioles,
dès que prend fin la comédie
au souffle de la nuit s'envolent:

bouvreuil, hanneton, lucioles –
le silence est en nous l'ultime mélodie.

Auf ein spätes Intermezzo von Johannes Brahms

Gimpel, Maikäfer, Glühwürmchen,
wenn die Weise verklungen,
was bleibt uns noch vom Leben?

Am Start wie am Ziel
Gesichter ohne Worte,
bald trauer- und wahnumschattet.

Gimpel, Maikäfer, Glühwürmchen,
sobald die Komödie ausgespielt,
im Hauch der Nacht entfliegen:

Gimpel, Maikäfer, Glühwürmchen –
das Schweigen ist in uns die allerletzte Weise.

LES TOMBEAUX DANS LA FORÊT

DIE GRÄBER IM WALD

Traduction / Übersetzung: Lutz Stehl

et l'absurde espérance en un monde meilleur

wir haben so absurde Hoffnung noch

Les tombeaux dans la forêt

»Renouvelle nos jours, comme ceux d'autrefois.«
Lamentations V, 21

I

Le champ des morts abandonnés aux ronces de l'exil
somnole avec les siècles
sous la sente aux orties
qui se faufile au loin sans laisser une trace
dans la forêt du Rhin obscure, au mois de mai
par le bond d'un jeune chevreuil soudain illuminée!

Veilleurs d'un jour futur, sentinelles sans voix
enracinées entre les troncs des saules reverdis,
les stèles roses des aïeux taillées en grès des Vosges
qu'ensanglantent les noms hébreux aux grandes lettres illisibles
penchent du poids de tant de vaine attente
vers l'oeil de boue opaque enterré dans les joncs
qui se charge d'éclairs sous la nuée oblique du couchant.

Mais à travers l'eau morte du marais
les saules vivants trempent
leurs branches recourbées aux minces feuilles pâles
dans les bas-fonds pourris d'écorces qui fermentent.

Die Gräber im Wald

»Erneuere unsere Tage wie vor alters«
Klagelieder V, 21

I

Brach liegt das Feld der Toten in den Ranken des Exils.
Gestrüpp. Dämmert dahin mit den Jahrhunderten
unter dem schmalen Brennesselpfad:
in die Ferne schlängelt er sich. Läßt keine Spur
im dunklen Auwald längs des Rheins
im Monat Mai erhellt ihn wie ein Blitz
ein junges Reh im Sprung!

Als Wächter des Tags der kommen wird, als stumme Wachen,
die zwischen den Stämmen wiederergrünter Weiden wurzeln,
neigen sich die Stelen unserer Ahnen,
gehauen aus dem roten Sandstein der Vogesen,
blutüberströmt von Israels Namen
in großen ausgelöschten Lettern,
unter der Last von soviel Warten
– immer Warten nur –
dem Auge trüb vom Schlamm tief in den Binsengräbern zu,
das unterm schrägen Wolkendach des Abendhimmels
sich mit Blitzen lädt.

Doch durch die toten Wasser in den Sümpfen
tauchen die Weiden,
lebendige Weiden,
ihre weitgeschwungenen Äste mit den schmalen blassen Blättern
in die fauligen Gründe wo die Rinden gären.

II

Ici le chant jailli de chaque vie unique
a brusquement cessé dans les bouches béantes.
Les morts tètent la nuit sans remuer les lèvres.
Dans le creux de la gorge où la langue asséchée
au seul gré du désir menait sa danse folle,
jusqu'au temps de l'éveil ne crie que le silence –
notre ultime parole:
tumulte assourdissant, rumeur des grandes eaux
qui grondent sous le crâne au jour du jugement!

Mais il n'est dans ce lieu ni juge, ni victime:
lorsque les mâchoires sont pleines
de terre grasse et noire,
chaque tête s'enfonce
ivre de non-savoir
dans la tourbe anonyme
pour jouir sans remords du bonheur de l'abîme.

Les miroirs tournés vers les murs
dans les chambres désertes,
les yeux vides voilés de givre
plaqués aux vitres de l'oubli,
les défunts guettent-ils toujours le retour d'un vivant?

II

Hier ist der Sang,
der aus jedwedem Leben einzig aufsteigt,
in den aufgerissenen Mündern jäh verstummt.
Die Toten werden von der Nacht gestillt,
die Lippen fest zusammengepreßt.
Tief in der Kehle, wo die ausgedörrte Zunge
nur der Lust gehorchend ihre tollen Tänze tanzte,
schreit, bis zum Erwachen, jetzt nur Schweigen
unser letztes Sterbenswort:
taub macht sein Lärm,
Rumor der Wassermassen, die im Schädel dröhnen
am Tage des Gerichts!

Aber kein Richter und kein Opfer sind an diesem Ort:
wenn die Kinnladen voll sind mit schwerer schwarzer Erde,
gräbt sich jedes Haupt,
berauscht davon, daß es nichts weiß,
gern in das namenlose Grab im Torf,
um ganz im Glück des Abgrunds aufzugehen ohne Reue.

Die Spiegel sind zur Wand gedreht
in den verlassenen Zimmern,
mit leeren, rauhreifüberhauchten Augen
kleben die Toten an den Scheiben des Vergessens.
Halten sie noch immer Ausschau, ob ein Lebender zurückkommt?

Sur les fleurs délicates et blanches des orties,
planètes endormies
que bercent doucement les haleines du soir,
les abeilles tournoient pesantes de pollen
dans la chaleur aveugle.

L'ombre portée des morts anciens
s'allonge loin
dans l'avenir.

III

Depuis que commença pour nous la guerre immonde
en l'an quarante de la mort

– c'était, t'en souviens-tu, le temps où Artie Shaw
tout jeune encore à Chicago
jouait célestement l'air de *Poussière d'Astres* sur
sa clarinette d'or au timbre tendre et pur –

ils ont vécu sans nul remords
avec leurs crimes d'hier,
les démons têtus de l'Europe
habités par le mal
qui travaillent toutes les nuits dans nos vieux cimetières,
le visage caché sous leur cagoule obscure.

Auf den zarten weißen Brennesselblüten,
eingeschlafenen Planeten,
die der Hauch des Abends friedlich wiegt,
taumeln Bienen, schwer vom Blütenstaub.
Ringsum blinde Hitze.

Die schon lange tot sind,
werfen ihren Schatten
weit voraus ins Land der Zukunft.

III

Seit für uns der verbrecherische Krieg begann
im Jahre vierzig des Todes

– es war, gedenkt es dir ? die Zeit als Artie Shaw
in jungen Jahren in Chikago wie ein junger Gott
auf seiner goldenen Klarinette mit dem reinen Klang und Schmelz
blies *Stardust memories* –

seitdem haben sie, ohne Reue zu zeigen,
mit ihren Verbrechen von gestern gelebt:
die halsstarrigen Schreckgespenster Europas,
vom Bösen besessen,
arbeiten sie fleißig jede Nacht auf unseren alten Friedhöfen,
die düstere Kapuze tief im Gesicht.

Sur les cendres de Treblinka niées et piétinées
les fils des meurtriers, casseurs de sépultures,
rêvent d'achever avec nous, les derniers survivants,
seuls témoins obstinés d'une aurore future,
l'ouvrage de mort commencé voilà cinquante années
par les bourreaux nazis, leurs maîtres et leurs pères.

Combien de temps les assassins sur terre
rendront-ils toute vie amère et douloureuse?
Dans le coeur de Caïn nourri par la colère
le désir de tuer n'aura-t-il pas de fin?

Au retour de l'exil
fais mémoire de nous
afin que nous vivions notre simple vie d'hommes,

Roi qui en toute vie
a mis ta complaisance:
et rends nos jours nouveaux comme à l'aube du monde.

Forêt de Mackenheim en Alsace – Jérusalem, 1992

In Treblinka stiefeln sie herum.
Sie leugnen die Asche am Boden: die Söhne der Mörder,
die Grabschänder, träumen davon,
an uns, den letzten Überlebenden,
den einzigen unbeugsamen Zeugen eines kommenden Morgens,
das Werk des Todes zu vollenden,
das die Nazi-Schergen, ihre Meister und Väter,
vor fünfzig Jahren begonnen haben.

Wie lange werden die Mörder auf Erden
alles Leben noch bitter und schmerzreich machen?
Will denn im zornerfüllten Herzen Kains
die Lust am Töten nie enden?

Bei unserer Rückkehr aus dem Exil
gedenke unser: laß uns leben unser schlichtes Menschenleben,

Großer König, der an allem Leben
findet ein Wohlgefallen:
Und erneuere unsere Tage wie voreinst am Schöpfungsmorgen.

Wald von Mackenheim im Elsaß – Jerusalem, 1992

Le chemin d'école au petit jour

Interminables rues grises
pavées de dalles grises,
couvertes de ciel gris,
coupées à angle droit
ou taillées en pointes aiguës:
des rivières de glace éternellement vides,
fouettées de vents contraires
qui soufflent en rafales.

Ici la misère perdure
sans musique ni parole.
La désolation est mère taciturne:
dure présence opaque du monde silencieux.

Derrière la fabrique de textile en faillite
qui s'écaille le long des rails du chemin de fer
le chantier des tailleurs de pierre gît abandonné
en plein air sous la neige sale et les couches de suie.
Dans le visage osseux des hommes au chômage
se creuse un peu plus chaque mois
le cri sans nom de la détresse.

Schulweg in aller Frühe

Endlose graue Straßen,
mit grauen Steinen gepflastert,
verhangen von grauem Himmel,
rechtwinklig geschnittene Straßen,
spitz zulaufende Straßen:
für alle Ewigkeiten leere Eisflüsse,
launische Winde peitschen sie,
in Stößen brechen sie herein.

Hier hat das Elend sich eingenistet
ohne Musik ohne Worte.
Trostlosigkeit heißt die wortkarge Mutter:
harte undeutliche Kunde einer stummen Welt.

Hinter der bankrotten Textilfabrik,
die am Schienenstrang der Eisenbahn vor sich hinbröckelt,
liegt unter freiem Himmel, unter schmutzigem Schnee
und unter Ruß wie ausgestorben der Arbeitsplatz der Steinmetzen.
Ins knochige Gesicht der Männer ohne Arbeit frißt sich
Monat für Monat immer tiefer
unsagbar der Schrei der Not.

Au coin de la rue des Rames et de la rue des écoles
quand s'effiloche dans le brouillard l'appel navrant de la sirène
les femmes d'ouvriers à sept heures du matin
vont chercher leur eau potable en hiver
dans le puits à balancier mû par la grosse chaîne
aux anneaux rongés de rouille épaisse
qui grincent en heurtant au gré de la bourrasque
le fût de sapin creux miné par les termites.

Pendant que l'eau pompée dans la sourde terre gelée
jaillit avec parcimonie du tuyau de fonte horizontal,
les matrones affublées de triples jupes en tricot noir
parlent entre elles à voix basse en dialecte;
sous l'ongle de l'index recourbé
elles maintiennent avec précaution
le seau rouge à l'émail craquelé
debout sur la margelle de grès ancienne
aux crampons de métal érodée par l'usure.

Sur cet univers immobile
peuplé de créatures résignées à presque vivre,
dans un quartier rempli de gens vieillis sans souvenirs
qui depuis leur enfance se satisfont de peu,
règne l'ange muet de la nécessité.

An der Ecke Rue des Rames Rue des Ecoles,
wenn der triste Ruf der Sirene vom Nebel verschluckt wird,
holen die Arbeiterfrauen im Winter um sieben Uhr morgens
Trinkwasser an der Pumpe.
An den Ringen der schweren Kette, die den Schwengel führt,
frißt dicker Rost. Sie kreischen, wenn sie je nach Windstoß
gegen den ausgehöhlten Tannenstamm des Brunnentrogs schlagen.
Der ist von Käfern ganz zerfressen.

Das Wasser wird aus der dumpfen Frosterde gepumpt.
Es kommt sparsam aus dem gußeisernen Rohr.
Währenddessen stehen die Frauen da
in ihren dreilagigen schwarzen Strickröcken
und unterhalten sich leise im Dialekt.
Mit dem Nagel des gekrümmten Zeigefingers
balancieren sie vorsichtig den roten Wassereimer
auf dem alten Brunnenrand.
Die Emaille des Eimers ist gesprungen.
Der Brunnenrand mit den Metallhaken ist abgenutzt.

Über diese regungslose Welt,
über die Menschen, die hier leben,
die sich damit abgefunden haben, nur halb zu leben,
in einem Viertel vollgepfercht mit Leuten,
die ohne Erinnerungen gealtert sind,
die seit ihrer Kindheit mit wenig auskommen müssen:
hier herrscht der stumme Engel der Bedürftigkeit.

Malgré la pauvreté, le froid, la maladie,
une bonté native, une chaleur parfois
se cachent derrière les façades étroites
des masures bâties pour les hommes de peine
sous le règne éclairé de Napoléon Trois
par les petits patrons des tissages de laine.

Entre leurs quatre murs de brique décrépie
mangés de moisissures comme un chancre qui saigne
demeure ensevelie à l'abri de la nuit
sous la double paupière de la toiture obscure
la bienveillance fragile de la lumière.

Trotz Armut und Kälte, trotz Krankheit
verbirgt sich eine bodenständige Güte,
ja manchmal sogar Herzenswärme
hinter den engen Häuserfronten.
Häuser? Bruchbuden.
Unter der aufgeklärten Herrschaft des dritten Napoleon
für Schwerstarbeiter gebaut.
Von den kleinen Fabrikanten der Wollwebereien.

In ihren vier Wänden aus Ziegelstein,
von denen der Putz abgefallen ist,
in ihren vier Wänden,
vom Schimmel zerfressen wie ein blutendes Geschwür,
wacht drinnen im Schutze der Nacht,
unter dem doppelten Lid des dunklen Dachs verborgen,
die verletzliche Freundlichkeit des Lichts.

L'ANGE NOIR DE LA FIN

Maître des quatre temps, pour toi les étoiles fleurissent:
dans la nuit mûre de Tammouz tes lèvres de lumière
dessinent l'arc-en-ciel de la lune au déclin.
Annonce d'un retour à jamais interdit,
ton silence irradie à l'entour de ma vie.

Condamnés à hanter les gîtes invisibles
pour échapper au feu de la maison terrestre,
nous sommes emportés loin des nids calcinés,
projetés vers le ciel où s'éteint l'incendie
comme un vol de perdrix sur la montagne en flammes.

Fuyant droit devant nous, le dos courbé sous la menace,
héritiers du néant que talonne la peur,
nous aurons survécu dans ces temps de malheur
pour défier d'heure en heure
la terreur et la haine,
gardant intacts le souvenir de la figure humaine
et l'absurde espérance en un monde meilleur.

Le maître des sources profondes
n'a-t-il pas longtemps fait pleuvoir sur nos landes arides
les eaux mortelles de sa grâce?
Mais sachant qu'aujourd'hui ma saison se fait courte,
j'avance en trébuchant vers le bout de la route:
quand mes yeux oublieront de boire sa lumière,
mon pas s'enfoncera dans le champ de poussière.

Schwarzer Endzeitengel

Herr über die vier Zeiten, für dich blühen die Sterne:
in der reifen Nacht des Tammuz zeichnen deine Lippen aus Licht
den Regenbogen des abnehmenden Mondes.
Ankündigung einer für alle Zeiten verbotenen Rückkehr:
Dein Schweigen hüllt mein Leben in seinen Strahlenglanz.

Wir sind dazu verdammt,
durch unsichtbare Behausungen zu geistern,
um dem Feuer des Hauses auf Erden zu entgehen,
weit weg von den verkohlten Nestern werden wir verweht,
getragen hoch zum Himmel, wo der Brand erlischt,
wie Rebhuhnschwarm auf brennendem Berg.

Wir fliehen, ohne uns umzuschauen, in gestrecktem Lauf dahin,
die Drohung hat den Rücken uns gekrümmt,
Erben des Nichts sind wir,
ihm auf den Fersen folgt die Angst.
In diesen Zeiten des Unglücks haben wir überlebt,
um jede Stunde neu dem Schrecken und dem Haß
die Stirn zu bieten –
Wie sieht ein Menschenantlitz aus?
Wir wissens. Die Erinnerung ist unversehrt.
Und eine bessere Welt – – wir haben so absurde Hoffnung noch!

Der Herr über die tiefen Quellen:
Hat er nicht lange Zeit auf unser dürres Brachland
die todbringenden Wasser seiner Gnade regnen lassen?
Jetzt aber weiß ich, daß die Zeit für mich ganz knapp bemessen,
ich geh voran im Stolpergang, die Straße wird bald enden:
wenn meine Augen, all sein Licht zu trinken, einst vergessen,
werden auch meine Schritte in dem Feld aus Staub versinken.

Captive de l'écorce où s'enlisa l'aurore,
la moelle du sureau se veut plus tendre encore:
fragile éternité de l'aube indifférente
qui tisses ton été dans l'or brûlé de ma paupière,
tu deviendras pour moi au jour du jugement
le seul lieu saint élu par la tourmente,
quand mon regard soudain sans éclat et sans force
verra grandir sur nous l'ange noir de la fin.

Tammouz 5755/juillet 1995

Da es gefangen in der Rinde, wo steckenblieb die Morgenröte,
will des Holunders Mark noch zarter sein:
Zerbrechliche Ewigkeit des Morgengrauens,
das nichts in seinem Gleichmaß stören kann,
Du webst deinen Sommer im verbrannten Gold meines Augenlids,
für mich wirst du werden am Tage des Gerichts
der einzige heilige Ort, den auserwählt die Qual,
wenn dann mein Blick, mit einem Mal ganz ohne Glanz und ohne Kraft,
wird wachsen sehen, ragen sehen über uns:
Den schwarzen Endzeitengel.

Tammuz 5755/Juli 1995

Les pas de l'oiseau dans la neige

Traces de sang, traces du temps: vers quelle nébuleuse
boitent les pas blessés de l'oiseau dans la neige?
Sur la montagne obscure
deux étoiles filantes
s'enfoncent dans la nuit d'hiver retentissante.
Du côté du matin déjà son coeur de braise
agonise et s'éteint.

Le rire du faucon fend l'espace inutile.
Que reste-t-il de lui quand le temps se retire?
A peine une buée,
un souffle qui s'efface
sur le miroir gelé du sombre ciel d'exil.
Nul oeil vivant ne peut suivre la trace
de la foudre qui meurt là-haut dans la nuée.

Et pourtant nous y danserons jusqu'à l'aube future,
joueurs de flûte au bec léger,
crânes d'oiseau chanteurs en fête
aux frêles osselets dévastés par le vide:
un peu de cendre blanche, essaimant des étoiles
sur la langue muette.

Vogelspur im Schnee

Blutspuren, Zeitspuren: zu welchem Sternenfeld
hinken im Schnee die wunden Schritte des Vogels?
Auf dem dunklen Gebirge verglimmen
zwei Sternschnuppen in der hallenden Winternacht.
Von wo der Morgen kommt, da liegt ihr Glutherz
schon im Sterben, erlischt.

Das Gelächter des Falken spaltet den unnützen Raum.
Was wird, wenn die Zeit weicht, von ihm bleiben?
Kaum ein Dunst,
nur ein Hauch, der vergeht
auf dem Eisspiegel im Dunkel des Himmels des Exils.
Kein lebendes Auge kann folgen der Spur
des Blitzes, der stiebend da oben in Wolken verlöscht.

Und trotzdem: dort werden wir tanzen,
bis anbricht der Morgen, die Flöte spielen,
leicht ist ihr Schnabel,
Vogelschädel, fröhliche Sänger
mit zartem Gebein, von der Leere im All ganz verwüstet:
Aschehäufchen schneeweiß.
Auf die stumme Zunge
streuen wir Sterne.

Dans le noir qui les guette

Dans le noir qui les guette
au-delà des fenêtres,
nos yeux,
faibles témoins d'un corps agonisant,
oublieront aussitôt
ce qu'ils avaient cru voir
au fond du miroir vide –
abîme par piété
tourné contre le mur
de la chambre funèbre.
Dans le sablier creux,
avant de l'inverser,
les doigts indifférents d'un dieu laissent couler
grain après grain léger
l'or graduel du temps
sur le cône de feu
que soufflera la nuit.

Im lauernden Schwarz

Im lauernden Schwarz
jenseits der Fenster
werden unsere Augen,
schwache Zeugen eines sterbenden Leibs,
sofort vergessen,
was sie zu sehen wähnten
am Grund des leeren Spiegels,
im Abgrund,
der aus Pietät gedreht ist zur Wand
im Sterbezimmer.
In die Höhlung der Sanduhr
läßt aus fühllosen Fingern rinnen ein Gott
– bevor er sie umdreht –
Korn auf Korn, schwerelos,
das Gold der Zeit
auf den Kegel von Feuer,
das ausblasen wird die Nacht.

L'Énigme

Qu'est-ce donc: *lire un poème?*
C'est voir danser ma voix
pour entendre tes yeux
chanter avant les mots
dans les lettres muettes.

Magdalena

La fleur de l'amandier,
rose comme une fiancée
éclose avant le temps
dans le noir d'agonie:
petit souffle d'enfant
qui dort les mains ouvertes
dans la maison trop grande
sous le sombre grenier du ciel.

Rätsel

Ein Gedicht lesen – was ist das?
Das ist: Meine Stimme tanzen sehen,
daß ich deine Augen noch vor den Wörtern
in den stummen Lettern
singen höre.

Magdalena

Blüte des Mandelbaums,
wie eine rosenfarbene Braut
zu früh erblüht in Finsternis,
wo ringsum kämpft der Tod:
Leiser Hauch aus Kindermund,
es schläft mit offenen Händen
in dem viel zu großen Haus
unter dem dunklen Speicher des Himmels.

L'offrande

Mon panier de houblon
rempli par tant de morts,
tu respires en lui
l'odeur du temps obscur
portant le rien passé
au coeur du rien futur.

Le lieu du germe

Sommeille tendrement,
douce âme évanouie,
trouve dans l'inconnu
le corps perdu de ta lumière:
si te couvre la nuit, fais retour au sein nu
qui germe dans le lieu de l'enfance enfouie,
sous la paupière à demi close de la terre.

Die Gabe

Mein Hopfenkorb,
den so viele Tote gefüllt,
du atmest in ihm ein
Geruch der dunklen Zeit.
Sie birgt das Nichts, das längst vergangen
im Schoß des Nichts der Zeit, die naht.

Wo sie spriesst

Schlaf sanft dich aus,
süße Seele ohne Macht,
finde im Unbekannten wieder
deines Lichtes verlorenen Leib:
wenn dich die Nacht umfängt, kehr heim an die bloße Brust,
dort, wo die Kindheit vergraben ist,
sprießt sie unter den halbgeschlossenen Augenlidern der Erde.

Adviens en nous, héraut de l'étoile invisible;
laisse nos yeux lavés de toute solitude,
guéris par la rosée en ta source pérenne,
s'ouvrir à la lumière intime de nos nuits!

Erscheine in uns, Herold des unsichtbaren Sterns;
wasch rein unsere Augen von jeglicher Einsamkeit,
netz sie mit Tau an deiner unversiegbaren Quelle,
mach, daß sie sich öffnen dem innersten Licht,
unserer Nächte innerstem Tag!

La clef de l'origine, Terre sans hommes, Echec à la nuit, Tu dis pour être, Pâque au mont Sion, Le défi: poèmes extraits du recueil *Le soleil sous la mer* (poèmes 1939 – 1971), Flammarion, Paris 1972.
Par hasard, Entre la Basse-Alsace et la Haute-Judée, Loin de Sion: Délivrance du souffle, Flammarion, Paris 1977.
Pâque de la Parole, Soufflenheim, Le reflux: Pâque de la Parole, Flammarion, Paris 1983.
Train de nuit en Alsace: Les orties noires, Flammarion, Paris 1984.
L'espérance de la douzième heure: première publication dans *Heimat des Hauches,* Elster Verlag, Bühl-Moos 1985.
Veille d'Apocalypse, Souffle en moi, Lorsque j'entends le soir, L'amandier sous la lune, La croisée du désir, L'obstination des morts, La noirceur de l'été, Sommeil: Apprendre la nuit, Arfuyen, Paris 1991.
Le soleil du centaure, L'arrière-été, Sur un intermezzo tardif de Johannes Brahms: L'héritage du feu, Editions Mame, Paris 1992.
Les tombeaux dans la forêt, Le chemin de l'école au petit jour, Les pas de l'oiseau dans la neige, Dans le noir qui les guette, Le lieu du germe, Adviens en nous: Un panier de houblon, 1. *La verte enfance du monde,* 2. *L'Arrachement,* J. C. Lattès, Paris 1994, 1995.
Les autres poèmes sont inédits.

Le défi:
»Un peuple d'élite, dominateur et sûr de lui«: citation du Général de Gaulle sur le peuple juif.

Par hasard:
»Ehéiéh asher éhéiéh«: L'Exode, 3, 14.

Der Schlüssel des Ursprungs, Erde ohne Menschen, Schach der Nacht, Du sagst um zu sein, Passahfest auf dem Berg Zion, Die Herausforderung: Gedichte aus dem Sammelband *Le soleil sous la mer* (poèmes 1939 – 1971), Flammarion, Paris 1972.
Zufällig, Zwischen Unter-Elsaß und Hoch-Judäa, Fern von Zion, aus: *Délivrance du souffle,* Flammarion, Paris 1977.
Ostern des Worts, Soufflenheim, Die Rückflut, aus: *Pâque de la Parole,* Flammarion, Paris 1983.
Nachtzug im Elsaß, aus: *Les orties noires,* Flammarion, Paris 1984.
Die Hoffnung der zwölften Stunde: Erstveröffentlichung in *Heimat des Hauches,* Elster Verlag, Bühl-Moos 1985.
Vorabend der Apokalypse, Hauch in mir, Wenn ich höre am Abend, Mandelbaum unter dem Mond, Kreuzweg der Sehnsucht, Der Toten verbissener Lebenswillen, Sommerschwärze, Schlaf, aus: *Apprendre la nuit,* Arfuyen, Paris 1991.
Die Sonne des Kentauren, Nachsommer, Auf ein spätes Intermezzo von Johannes Brahms, aus: *L'héritage du feu,* Editions Mame, Paris 1992.
Die Gräber im Wald, Schulweg in aller Frühe, Vogelspur im Schnee, Im lauernden Schwarz, Wo sie sprießt, Erscheine in uns, aus: *Un panier de houblon,* 1. *La verte enfance du monde,* 2. *L'arrachement,* J. C. Lattès, Paris 1994, 1995.
Die anderen Gedichte sind unveröffentlicht.

Die Herausforderung:
»Ein Elite-Volk, herrisch und selbstsicher«: Zitat von General de Gaulle über das jüdische Volk.

Zufällig:
»Eheieh asher eheieh«: II. Mose 3, 14.

Soufflenheim:
Dans *Pâque de la Parole,* Claude Vigée ajoute le texte explicatif *Un midrash tout neuf:* »A partir d'une étymologie tout imaginaire, en jouant un peu sur les sens, sur les langues, et les racines mêmes les mots, selon la bonne tradition des maîtres talmudiques, je puis donc inventer un midrash tout neuf: il m'a suffi d'évoquer le nom alémanique d'un hameau d'artisans obscurs aux confins de la Basse-Alsace. Et cela marche, comme par miracle!«...
Midrash: parabole talmudique, souvent née de l'interprétation libre d'un mot hébreux.

Les tombeaux dans la forêt:
Lors de la première publication, dans la revue *Poésie 93*, Claude Vigée ajoutait la note suivante:
»Fin mai 1992, j'ai découvert en Alsace, au fond de la forêt du Rhin du côté de Sélestat-Colmar, un vieux cimetière juif abandonné au milieu des marécages. C'était dans la forêt domaniale de Mackenheim. Puis, ces derniers mois, la presse et la télévision nous ont appris que de nombreux cimetières juifs ont été violés en Europe occidentale, notamment en Alsace où sont inhumés mes propres aïeux. Sous le choc de ces nouvelles, j'ai écrit ce poème.«

L'ange noir de la fin:
Tammouz: nom hébreux de juillet, signe de l'été.

Soufflenheim:
In *Pâque de la Parole* fügt Claude Vigée den Begleittext *Un midrash tout neuf* hinzu: »Von einer völlig imaginären Etymologie ausgehend, indem ich ein wenig mit den Bedeutungen, den Sprachen und den Wurzeln selbst der Wörter spielte, konnte ich so nach altbewährter Art der Meister des Talmud einen ganz neuen Midrash erfinden: es genügte, den alemannischen Namen eines Handwerker-Dorfs an der äußersten Grenze des Unterelsaß wachzurufen. Und es gelingt wie durch ein Wunder!«...
Midrash: Talmudische Parabel, oft aus der freien Interpretation eines hebräischen Worts entstanden.

Die Gräber im Wald:
Anläßlich der Erstveröffentlichung in der Zeitschrift *Poésie 93* fügte Claude Vigée folgende Anmerkung hinzu:
»Ende Mai 1992 entdeckte ich im Elsaß, tief im Rheinwald bei Schlettstadt-Colmar, einen alten jüdischen Friedhof, verlassen inmitten der Sümpfe. Es war im Gemeindewald von Mackenheim. In den letzten Monaten haben wir dann aus der Presse und dem Fernsehen erfahren, daß zahlreiche jüdische Friedhöfe in Westeuropa geschändet wurden, so im Elsaß, wo meine eigenen Ahnen begraben liegen. Unter der Schockwirkung dieser Nachrichten habe ich dieses Gedicht geschrieben.«

Schwarzer Endzeitengel:
Tammuz: hebräischer Name für Juli als Zeichen des Sommers.

BIBLIOGRAPHIE

OUVRAGES DE / WERKE VON CLAUDE VIGÉE:

L'été indien, Paris (Gallimard) 1957

Les artistes de la faim, Paris (Calmann-Lévy) 1960

Révolte et Louanges, Paris (Corti) 1962

Moisson de Canaan, Paris (Flammarion) 1967

La lune d'hiver, Paris (Flammarion) 1970

Le soleil sous la mer, Paris (Flammarion) 1972

Délivrance du souffle, Paris (Flammarion) 1977

Du bec à l'oreille, Strasbourg (Nuée Bleue) 1977

L'art et le démonique, Paris (Flammarion) 1978

L'Extase et l'Errance, Paris (Grasset) 1982

Pâque de la parole, Paris (Flammarion) 1983

Le Parfum et la Cendre, Paris (Grasset) 1984

Les orties noires, Paris (Flammarion) 1984

Heimat des Hauches, Baden-Baden (Elster) 1985

Une voix dans le défilé, Paris (Nouvelle Cité) 1985

La Manne et la Rosée, Paris (Desclée de Brouwer) 1986

La faille du regard, Paris (Flammarion) 1987

Wénderôwefîr, Strasbourg (Association Weckerlin) 1988

La manna e la rugiada, Roma (Ed. Borla) 1988

Le feu d'une nuit d'hiver, Paris (Flammarion) 1989

Aux sources de la littérature moderne I, Paris (Entailles) 1989

Leben in Jerusalem, Bühl-Moos (Elster) 1990

Apprendre la nuit, Paris (Arfuyen) 1991

Selected Poems, London (Menard-King's College Press) 1992

Dans le silence de l'Aleph, Paris (Albin Michel) 1992

Le puits d'eaux vives, Paris (Albin Michel) 1993

Un panier de houblon, Paris (Lattès) 1994, 1995
Treize inconnus de la Bible, Paris (Albin Michel) 1996
La Maison des Vivants, Strasbourg (La Nuée Bleue) 1996

TRADUCTIONS / ÜBERSETZUNGEN:

Rainer Maria Rilke, *Cinquante poèmes,* Paris (Les Lettres) 1953
D. Seter, *Mon printemps viendra,* Paris (Seghers) 1965
David Rokeah, *Les yeux dans le rocher,* Paris (Corti) 1968
Yvan Goll, *L'Herbe du songe,* Paris (Caractères) 1971
Rainer Maria Rilke, *Le vent du retour,* Paris (Arfuyen) 1989
T.S. Eliot, *Quatre Quatuors,* London (Menard Press) 1992

OUVRAGES SUR / ÜBER CLAUDE VIGÉE:

Claude Vigée, par Jean-Yves Lartichaux, Paris (Seghers) 1978
Lire Claude Vigée, par Adrien Finck, Strasbourg (C.R.D.P.) 1990
La Terre et le Souffle, rencontre autour de Claude Vigée, Actes du colloque de Cerisy, sous la direction de Michèle Finck & Hélène Peras, Paris (Albin Michel) 1992

TABLE / INHALT

DIALOGue

Deutsch-französische Reihe/Collection franco-allemande

1. Conrad Winter: Widerhakensprüche. Zeichnungen: Dorèl Dobocan. Pfälzische Verlagsanstalt, Landau 1991.
2. Adrien Finck: »Geistiges Elsässertum«. Beiträge zur deutsch-französischen Kultur. Fotos: Uwe Seyl. Pfälzische Verlagsanstalt, Landau 1992.
3. »Jusqu'au bonheur de l'aube«. Poésie d'Alsace/Lyrik aus dem Elsaß. Graphik-Collagen: Erwin Heyn. Pfälzische Verlagsanstalt, Landau 1993.
4. »Wenn man die Füße weniger schwer macht«... »Quand on allège le pas«... Zeichnungen: Lutz Stehl. Erzählungen aus Rheinland-Pfalz/Récits de Rhénanie-Palatinat. Pfälzische Verlagsanstalt, Landau 1993.
5. Adrien Finck: Gedichte/Poèmes. Bilder/Images: Camille Claus. Editions Oberlin, Strasbourg 1994.

Außerdem erschienen
In der Edition Künstlerhaus

Peter-Huchel-Preis 1996!
Gregor Laschen
Jammerbugt-Notate

Gedichte, 64 Seiten, DM 26,-

Dem aktuellen Lebenslauf einer konsumistisch verrotteten Umgangssprache wird die Kraft der Bilder entgegengehalten. Laschens hermetische Gebilde, häufig der modernen Malerei verpflichtet, haben einen verstörenden, aufweckenden Reiz.

Hans Bender
Geschichten aus dem Kraichgau

Erzählungen, 64 Seiten, DM 26,-

Bender versteht es, die einfachen Leute und ihre oft trivialen Wünsche zum Leuchten zu bringen, behutsam und lakonisch aus der Perspektive des beobachtenden Kindes.

Peter Kurzeck
Vor den Abendnachrichten

Zwei Erzählungen, 64 Seiten, DM 26,-

Das Gefühl, ein Flüchtling, ein Fremder zu sein, hat Kurzeck ebensowenig verlassen wie die Angst vorm Verschwinden der Zeit. Und er weiß: »Schreiben ist meine einzige Möglichkeit, auf der Welt zu bleiben«.

Jørgen Sonne
Gedichte
1950-1992

Aus dem Dänischen übersetzt und herausgegeben von Hanns Grössel, 64 Seiten, DM 26,-

Diese Auswahl, mit der Jørgen Sonne hierzulande erstmals angemessen vorgestellt wird, umspannt sein bisheriges lyrisches Lebenswerk, es sind Texte, die in kräftigen dissonanten Bildern von Liebe und Sexualität, Nähe und Ferne, der Gewalt und den Opfern erzählen und urzeitlich-apokalyptische Landschaften beschwören.

Französische Poesie im Wunderhorn

André Breton / Philippe Soupault
Les Champs magnétiques / Die magnetischen Felder

Zweisprachige Ausgabe. Aus dem Französischen übersetzt und mit einem Nachwort versehen von Ré Soupault.
192 Seiten, DM 39,80

Dieses poetische Prosa-Buch ist das erste Werk der automatischen Schreibweise, der Ur-Text des Surrealismus. »Man kann *Die magnetischen Felder* wie ein Orakelbuch auf jeder Seite aufschlagen und wird doch immer fündig werden.« Neue Zeit

Michel Leiris
Vivantes cendres, innomées / Lebende Asche, namenlos.

Zweisprachige Ausgabe. Aus dem Französischen übersetzt und mit einem Nachwort versehen von Waltraud Gölter. 126 Seiten, DM 36,-

»Was diesen Gedichten ihre Eigentümlichkeit gibt, ist ihre gedrängte, man möchte sagen: glanzlose Lakonik, ist der vollkommene Verzicht auf Pose und auf die Aura des Poetischen.« Frankfurter Allgemeine

Neue deutsche Lyrk im Wunderhorn

Michael Buselmeier
Ich rühm dich Heidelberg
Poem in sechs Gesängen, ca. 80 Seiten, ca. DM 28,-
Zum 800. Jubiläum von Heidelberg ein episches Festtagsgedicht, ein dichtes Stück Erinnerungsliteratur, entstanden im poetisch rhythmisierten Aufbruch.

Hans Arnfrid Astel
Jambe(n) & Schmetterling(e)
oder
Amor und Psyche
Gedichte, 158 Seiten, DM 36,-
»Astel präsentiert sich in diesen Texten als sensibler Fährtenleser und Spurensucher in der Natur, als subtiler Beobachter von Insekten, Pflanzen und Steinen, der die Naturphänomene in mythische Zusammenhänge rückt.« *Frankfurter Rundschau*

Hans Thill
Zivile Ziele
Gedichte, 96 Seiten, DM 36,-
Die Gedichte in Zivile Ziele wollen keine Mitteilung garantieren, sind aber gleichwohl zu Aussage bereit.
Thill ist ein Verkünder zerstreuter Botschaften.

Johann Lippet
Abschied, Laut und Wahrnehmung
Gedichte, 86 Seiten, DM 36,-
»Man folgt ihm fasziniert auf seinen imaginierten Wanderungen durch die dörfliche Landschaft der Kindheit, denn der poetische Prozeß öffnet auch die Sinne des Lesers für eine Welt, ... für die uns schon längst Hören und Sehen vergangen ist« *Badische Zeitung*

Fordern Sie unseren Prospekt an:
Verlag Das Wunderhorn
Blumenstraße 29
69115 Heidelberg